CAROLINE SCHMITT

Liebewesen

Das Buch

Lios Körper ist ihr Albtraum, daran ändert auch ihr Freund Max nichts. Als sie ungeplant schwanger wird, starrt sie nicht nur fassungslos auf den positiven Test, weil jemand wie sie doch gar nicht schwanger werden kann, sondern auch auf das Ende einer mühsam erarbeiteten Normalität. Sie ist unfähig, Max von der Schwangerschaft zu erzählen, und genauso unfähig, diese zu beenden. Während das Kind in Lios Bauch wächst, prasseln Erinnerungen auf sie ein: an ihre kalte Mutter, ihren hilflosen Vater und an all das andere, das sie für immer vergessen wollte. Zum ersten Mal stellt sie sich ihrer Vergangenheit – und riskiert damit, dass alles zusammenbricht.

Scharfsinnig, berührend und hochkomisch zugleich erzählt Caroline Schmitt von versehrten Körpern und Seelen, von der Kompliziertheit der Liebe und der großen Sprachlosigkeit, die alles umgibt. Vor allem aber erzählt sie die Geschichte einer großen Befreiung.

»Puff, puff machen die Liebesroman-Stereotype, während sie implodieren: Dieses Buch modernisiert ein ganzes Genre. Seine Figuren sind angedetscht und überfordert und tapfer und hoffnungsvoll, kurz: Sie sind wie wir.«
Mareike Fallwickl

Die Autorin

Caroline Schmitt, Jahrgang 1992, studierte Journalismus an der University of the Arts London. Sie lebt in Berlin und arbeitet als freie Journalistin für Deutschlandfunk Kultur und die Deutsche Welle. LIEBEWESEN ist ihr erster Roman.

CAROLINE SCHMITT

LIEBEWESEN

ROMAN

eichborn

Die Bastei Lübbe AG verfolgt eine nachhaltige Buchproduktion. Wir verwenden Papiere aus nachhaltiger Forstwirtschaft und verzichten darauf, Bücher einzeln in Folie zu verpacken. Wir stellen unsere Bücher in Deutschland und Europa (EU) her und arbeiten mit den Druckereien kontinuierlich an einer positiven Ökobilanz.

Eichborn Verlag

Vollständige Taschenbuchausgabe
der bei Eichborn erschienenen Hardcoverausgabe

Bei Fragen zur Produktsicherheit wenden Sie sich bitte
an: Produktsicherheit@bastei-luebbe.de

Umschlaggestaltung: Barbara Thoben, Köln
Umschlagmotiv: © Mark Tennant
Satz: hanseatenSatz-bremen, Bremen
Gesetzt aus der Apollo MT
Druck und Verarbeitung: GGP Media GmbH, Pößneck

Printed in Germany
ISBN 978-3-8479-0181-5

4 5

Sie finden uns im Internet unter eichborn.de

Vor drei Monaten war ich sicher, dass ich nicht
schwanger werden konnte. Dann war ich sicher,
dass der Abbruch erfolgreich gewesen und
ich in meinem Körper wieder allein war.
Ich lag in beiden Fällen daneben.

1

»»›Suche großzügige Lady, die mir Kokain besorgen kann. Außerdem darf ich den Fiat meiner Mutter nicht mehr nutzen. Wäre also gut, wenn du ein Auto hast‹«, las Mariam vor und spreizte ihre frisch lackierten Fingernägel von ihrem Handy weg.

Wir hatten den ganzen Sonntag am See verbracht und genossen jetzt in der Hollywoodschaukel auf unserer Dachterrasse die ersten Luftzüge unter dreißig Grad.

»Habe leider kein Auto, sonst gern«, sagte ich mit vollem Mund.

Mariams Taboulé war auch schon mal besser gewesen. Leider lag ihre Priorität aktuell nicht auf meiner kulinarischen Versorgung, sondern auf der romantischen.

»›Liebe Damenwelt‹«, las sie weiter, »›wenn ihr wisst, was ihr wollt, packt die anderen Kontakte weg. Dann wird nämlich geschrieben und nicht nach zwei Sätzen abgebrochen. Ich war sportlich unterwegs bis zu meinem 18. Lebensjahr. Alles andere sind meine Gene.‹«

Mir taten die Leute leid, die sich auf diesen intellektuellen Wühltischen nicht so wie wir nur die Zeit vertrieben, während der Nagellack trocknete, sondern nach Liebe suchten.

»Soll das heißen, der Typ hat siebzehn Jahre lang keinen Sport gemacht?«, fragte ich.

Mariam verzog das Gesicht, sodass ihre Sommersprossen verrutschten, und swipte weiter.

»Apropos Sport. ›Warst du schon mal Stand-up-Paddeln? Ich könnte dir zeigen, wie es geht.‹«

»Sind bei diesem selbstlosen Angebot die Hilfestellungen inklusive?«

Mariam grinste.

»Oh«, sagte sie dann.

»Was?«

»Es geht noch weiter. Seine Katze liegt im Sterben, deshalb ist hier ein Crowdfunding-Link.«

»Sind Tinder-Spenden steuerlich absetzbar?«

Mariams Daumen bewegte sich in Lichtgeschwindigkeit nach links. Wenn sie Single wäre und nicht nur ab und zu für mich swipen würde, hätte sie innerhalb von zwei Tagen eine Sehnenscheidenentzündung. Manchmal schüttelte sie gelangweilt den Kopf, dann seufzte sie tief oder lachte spöttisch auf. Nur, wenn sie ein vorlesewürdiges High- beziehungsweise Lowlight entdeckte, leuchteten ihre Augen auf.

»Oha, jetzt kommt's«, sagte Mariam. »›Was du mitbringen solltest: Leidenschaft für Reisen, Yoga und Kaffee, weiße Sneaker und Umweltbewusstsein in Form von Kastanien-Waschmittel und einer Holzzahnbürste. 2,10 m, bitte sei größer.‹«

»Haha, das ist nicht schlecht«, sagte ich. »Schreib: ›Ich wohne in einem Baumhaus und bin zwei Meter elf groß. Meine starken Schultern reichen für uns beide.‹«

»Warum tindere ich eigentlich für dich, wenn du die besseren Lines raushaust?«

»Weil ich lieber nichts mit Menschen zu tun haben möchte, die abwechslungsreiche Bilder von ihren abwechslungsreichen Leben auf eine Plattform stellen, auf der Netflix, Empathie und ›Vino‹ als Hobbys zählen.«

Mariam schüttelte den Kopf und tippte wild auf ihrem Handy herum. Vermutlich schickte sie Fotos von ihren Brüsten an Elias.

Über ein Jahr lang hatte sie ihrer Ex Marlene hinterhergetrauert, nachdem sie ihr auf einer Hochzeit von Bekannten beschwipst, aber todernst eröffnet hatte, dass sie gern mit der Familienplanung beginnen würde. Marlene wollte vieles und am besten sofort, eine Familie gehörte allerdings nicht dazu. Um sich und Mariam Zeit, Streit und als Kompromisse getarnte Enttäuschungen zu ersparen, hatte sie kurzen Prozess und noch auf der Tanzfläche Schluss gemacht, während das Brautpaar aneinander rumfummelnd ins Glück torkelte. »Ich tue das, weil ich dich liebe«, hatte Marlene gesagt, bevor Herbert Grönemeyer fragte, ob Gefühle sich lohnten und was die Zeit heilte.

Während ihres Liebeskummerjahres hatte Mariam sich möglichst viele Türen offengehalten oder ließ sie sich aufhalten. Als sie dann Elias kennenlernte, knallte sie die anderen Türen zu, so angstfrei und selbstverständlich, als wäre sie nie verletzt worden.

Elias war Arzt, Anfang dreißig und hatte, entgegen ihren Vorurteilen gegenüber der Spezies Mann, weder Angst vor Mariams Bisexualität noch vor der Zukunft, auch nicht vor einer gemeinsamen. Ihre Beziehung hielt immerhin schon zwei Monate und lief gut, was ich daran merkte, dass Mariam mich nicht ständig fragte, was diese Nachricht oder jene kurzfristige Absage bedeuten könnte.

Jetzt wollte sie mich mit einem ähnlichen Gift versorgen, weil gute Beziehungen »alles so einfach« machten. Aha.

»Der Zahnbürstentyp geht nächste Woche mit dir baden«, sagte sie.

»Hä?«

Mariam prustete los.

»Ihr trefft euch in seiner Badewanne.«

»Willst du mich verarschen?«

Offensichtlich hatte sie in der Zwischenzeit doch nicht mit Elias geschrieben.

Ich warf mich mit ausgestreckten Armen auf sie, damit mein Nagellack nicht verschmierte. Mariam hatte unsere Nägel mit Azurblau bepinselt, sodass wir in diesem Sommer wenigstens gedanklich am Meer sein könnten. Jetzt versuchte sie vergeblich, sich aus meinem Klammergriff zu strampeln.

»Gib mir das Telefon!«, rief ich.

»Nur, wenn du es nicht kaputtmachst!« Mit einem Schmollmund reichte sie mir ihr Handy.

»Max! Was machst du am Wochenende?«, hatte sie vor fünf Minuten in meinem Namen geschrieben.

»Wenn es nicht regnet, bin ich am See, bei Regen in der Badewanne. Für dich würde ich mir sogar einen Bademantel überwerfen, Lio.«

»Bisschen heiß für Bademäntel, meinst du nicht?«

»Okay, der ist also gestrichen.«

»Was bleibt ohne Bademantel von dir übrig, Max?«

»Sag du es mir, Lio. Ich hoffe jedenfalls auf Dauerregen am Samstag. Es ging doch um ein Kennenlernbier in der Badewanne? Oder habe ich da wieder projiziert?«

»19 Uhr?«

Mariam hatte ausnahmsweise kein einziges Emoji benutzt, was ich ihr hoch anrechnete.

»Der Typ kennt Kommas und weiß, was Projizieren heißt?«, fragte ich.

Sie nickte stolz.

»Max wird dich aus deinem selbstgewählten Zölibat befreien.«

»Sicher, dass du dir beim Schwimmen keinen Sonnenstich geholt hast?«, fragte ich.

Es war ausgeschlossen, dass ich jemals mit irgendjemandem in eine Badewanne steigen würde.

»Gefällt euch das Bild?«

»So konzentriert habe ich sie schon lange nicht mehr gesehen«, sagte Max, der mich vor zehn Minuten das erste Mal gesehen hatte.

Er legte mir den Arm um die Schultern. Ich glotzte auf das Bild, das mich künstlerisch in den Bann zog, mir aber vor allem ein kurzes Durchatmen von diesem Date bescherte, auf dem ich gar nicht sein wollte. Mariam hatte den Ort nach anhaltenden Protesten meinerseits von Max' Badewanne auf eine kleine, mäßig besuchte Vernissage verlegt und mich mit den Worten »Stell dich nicht so an, es ist nur irgendein mittelattraktiver Durchschnittstyp, den du nie wieder sehen wirst« aus der Tür gescheucht.

Max trug ein blaues Hemd mit weißen Punkten. Er war natürlich keine zwei Meter zehn groß, sonst hätte ich nie bemerkt, dass seine Haarfarbe je nach Lichteinfall entweder dunkelblond oder rötlich war. Mittelattraktiv war leicht untertrieben. Nach unserer verkrampften Begrüßung, die wir beide schnell wieder vergessen wollten, weil sie ein fatales Licht auf unsere eigentlich sehr unverkrampften Persönlichkeiten warf, hatte Max eine Flasche Wein aus seiner Lederjacke gezogen und seitdem dafür gesorgt, dass mein Pappbecher immer gefüllt war. Das war rührend, aber unnötig, weil eine gut bestückte Bar mit kostenlosem Alkohol die Besucher:innen ohnehin bei Shopping- beziehungsweise Investitionslaune halten sollte.

Max stupste mich an. Mein unprofessioneller Input war gefragt.

»Ein tolles Bild«, bekräftigte ich. »Gefällt mir gut!«

Die Leinwand war fast so groß wie mein Bett. Darauf prangte eine Explosion aus goldgelben Farben auf kalten Blautönen. Von oben tropften dicke und dünne Farbnasen aus zwei hellen Kreisen auf blattähnliche Gebilde herab. Die obere Bildhälfte war laut und hell, die untere dunkel und leise. Durch den lasierenden Farbauftrag, den Begriff kannte ich von Mariam, konnte man die unteren Lagen nur erahnen. Mein Blick kam kaum hinterher, er schwebte von einer Schicht zur nächsten.

»Der Schaffensprozess war *so* intensiv«, sagte die Person, die das Werk offenbar angefertigt hatte, auf das ich immer noch starrte.

»Das kann ich mir vorstellen«, sagte Max anerkennend.

»Warum kommt mir deine Stimme eigentlich so bekannt vor?«, fragte die Künstlerin ihn.

»Ich bin beim Radio«, sagte Max. »Planet Pop. Morning-Show. Jede zweite Woche. Zusammen mit Kat, die das wesentlich besser macht als ich.«

»Wie aufregend!«, staunte die Künstlerin.

»Geht so«, sagte Max.

Ich nickte wissend. So gelangweilt hatte ich ihn schon lange nicht mehr gesehen.

»Du solltest über einen eigenen Podcast nachdenken«, stichelte ich. »Wegen deiner tollen Stimme.«

»Schatz, jetzt hör aber auf.« Max tätschelte mir die Schulter. »Running Gag«, erklärte er der Künstlerin.

»Wollt ihr die Geschichte hinter dem Bild hören?«, fragte sie.

»Deshalb sind wir hier«, sagte Max.

»Mein Mann hat mich nach fünfzehn Jahren Ehe und zwei Kindern von jetzt auf gleich verlassen. Er hat entschieden, dass er auf Männer steht. Jetzt trägt er Ohrringe und Blümchenhemden, und ich stehe vor den …«

»Na ja, das ist keine Entscheidung«, unterbrach Max sie und fügte hinzu: »Tut mir leid.«

»Blümchenhemden gehören in jeden Kleiderschrank«, murmelte ich, und: »Mir auch.«

»Das weiß ich natürlich, aber wir sind ja unter uns.« Sie zwinkerte verschwörerisch. »Jedenfalls bin ich wie eine Irre auf unserem Speicher herumgeschlichen, wühlte mich durch Fotoalben von früher und suchte nach Antworten. Die lagen da natürlich nicht rum. Schwul ist schwul. Dann habe ich im Suff einen Zug ans Meer gebucht, ein Wochenende nicht geschlafen und mir alles von der Seele gemalt.«

»Zu gehen ist auch nicht leicht«, belehrte ich eine zwanzig Jahre ältere Frau. »Auf deinen Mann bezogen, meine ich. Ex-Mann.«

»Er hat uns beiden die Chance gegeben, von vorne anzufangen. Eigentlich ist das ein Geschenk«, lenkte sie ein.

Max' Blick verdüsterte sich.

»Hat es denn funktioniert? Das Von-der-Seele-Malen?«, fragte ich.

»Natürlich nicht.« Sie grinste. »Das Bild kann man übrigens kaufen!«

»Ach so? Was soll es denn kosten?«, fragte Max.

»Wenn du deine Freundin noch dieses Jahr heiratest, kriegst du es für 500 Euro weniger.«

Die Künstlerin schien ihre Scheidung tatsächlich nicht sonderlich gut verkraftet zu haben.

»Hast du eine Visitenkarte?« Max tat so, als wolle er eine Nacht über dieses Angebot schlafen und sich dann melden.

Während die Künstlerin ihre Visitenkarten suchte, flüsterte ich Max ins Ohr: »Schatz, du bist gut.«

Er füllte meinen Becher mit Rotwein auf und streifte mit den Lippen meine Wange, als er raunte: »Blümchenhemden, ja?«

»Wollt ihr nicht noch bleiben?«, fragte die Künstlerin. »Hinten haben einige schon mit der Afterparty losgelegt. Übrigens, ich bin Martina!«

Max und ich tauschten einen Blick, beide weder gewillt noch imstande, diese Witzveranstaltung zu verlassen und ein ernstes Gespräch führen zu müssen, und nickten begeistert.

Die Afterparty war ein verkapptes Werkstattgespräch, das die vier an der Ausstellung beteiligten Künstler:innen mit einer Hingabe führten, als säßen sie auf dem Eröffnungspanel der documenta. Zwei Männer, eine Frau und Martina hockten auf klapprigen Stühlen um eine Weinkiste herum, auf der weitere volle Becher standen. Max und ich setzten uns dazu, nickten hoch interessiert und schnitten, wenn niemand hinsah, immer anspruchsvollere Grimassen. In den Gesprächen ging es viel um subversive Prozesse, Crossmedialität und metaphorische Schubladen. In Zukunft sollte sich noch mehr aufgelöst, hinterfragt und gestritten werden. Als der Begriff Katharsis zum dritten Mal fiel und die Künstler:innen allmählich etwas lallten, was der inhaltlichen Qualität der Diskussion zum Glück keinen Abbruch tat, hatte ich die Nase eines Schweinchens und die Vorderzähne eines Osterhasen.

»Oh, so spät schon!«, rief Max plötzlich aus und schaute auf sein Handy. »Wir müssen dringend noch auf einen Geburtstag!«

»Wie schade! Wir hätten ewig mit euch weitermachen können«, sagte Martina.

Die anderen nickten zustimmend.

»Time flies when you're having fun«, sagte ich und stand auf.

Die anderen nickten wieder. Das Gefühl kannten sie gut.

»Ich melde mich wegen des Bildes!«, rief Max, bevor die Tür hinter uns ins Schloss fiel.

Als wir lachend die Treppe hinunterstolperten, spürte ich den Alkohol. Max wohl auch.

»Tanz für mich!«, sagte er und öffnete seine beiden oberen Hemdknöpfe.

Er ließ sich auf eine Stufe fallen und spielte Elvis Presleys *Blue Suede Shoes* von seinem Handy ab.

Ich kletterte auf die Fensterbank und bewegte mich so schnell, wie der wenige Platz es zuließ.

Well, it's one for the money
Two for the show
Three to get ready
Now go, cat, go

Mit meinen perlweißen Reeboks rutschte ich über den glatten Stein und schüttelte alles, was ich hatte. Dann verbeugte ich mich tief, wobei ich fast von der Fensterbank fiel. Max hob mich zurück auf den Boden und zappte weiter durch seine Playlist. Als ich sah, dass ihr mehrere Tausend Menschen folgten, erklärte Max, dass er früher regelmäßig aufgelegt habe, natürlich ausschließlich mit Platten. Heute wüssten die Kinder gar nicht mehr, dass man sich Musik erarbeiten konnte und sollte und dass alles unter zwei Minuten nichts mit Kunst zu tun hatte.

Schließlich wiegten wir zu Michelle Gurevichs *Party Girl* hin und her wie zwei, die sich zwar viel auf ihre Teilnahme am Tanzkurs in der neunten Klasse einbildeten, die korrekte Rumba-Schrittfolge aber für überbewertet hielten.

I'm a party girl
Crazy girl
See my lips how they move
Can't you see I'm a natural?
Life of a party girl
Sexy girl
I used to be so fragile
But now I'm so wild

Dann hörten wir, wie sich oben die Tür öffnete und Geräusche ins Treppenhaus drangen.

»Renn!«, hauchte ich gespielt panisch, schließlich waren wir auf einem Geburtstag.

Wir stürmten die Treppe hinunter und kamen erst zwei Straßen weiter zum Stehen.

»Eine Sache noch, Bonnie«, keuchte Max.

Als er meine Hand nahm, wollte ich sofort nach Hause. Allein.

»Was?«, fragte ich.

»Gehst du nächstes Wochenende mit mir baden?«

Als ich eine halbe Stunde später die Tür unserer WG aufschloss und leise eintrat, hörte ich aus Mariams Zimmer Kichern.

»Lio?!«

Ich versuchte, auf Zehenspitzen in mein Zimmer zu schleichen, damit Mariam mich nicht ausfragen würde.

»Komm bloß rein!«

Ich hasste meine Zehenspitzen.

»Seid ihr nackt?«, fragte ich.

»Ja«, rief eine Männerstimme.

»Nein!« Mariam klang entrüstet.

Sie und Elias lagen vollständig bekleidet auf ihrem Bett und schauten irgendeine amerikanische Late-Night-Show.

»Auf einer Skala von eins bis zehn, wie dankbar bist du mir?«, fragte Mariam und pausierte das Video.

»Fünfeinhalb«, schätzte ich grob.

»Bist du betrunken?«

»Auf keinen Fall.«

»Hey, Lio, wir haben noch Nachos übrig. Soll ich dir einen Teller holen?«, fragte Elias, der entweder Mitleid mit mir hatte oder dem dieses Verhör unangenehm war.

Ich nickte begeistert.

»Küsst er gut?« Mariam zog die Augenbrauen hoch.

»Keine Ahnung«, sagte ich.

»Ihr solltet doch rummachen! You had *one* job!«

»Aber er tanzt nicht schlecht.«

Mariam gähnte.

Zum Glück kam Elias mit einer Portion Nachos zurück, die unter Jalapeños, Tomaten, Mais, Koriander, Sour Cream und sehr viel Käse kaum zu sehen waren. Erst bei diesem Anblick merkte ich, wie ausgehungert ich war.

»Wie sieht's aus, hast du Lust auf eine längere Radtour am Wochenende? Mari kommt nur mit, wenn du auch dabei bist«, sagte er und zeigte auf seine Freundin, die augenscheinlich schon wieder damit beschäftigt war, sich die Moderatorin der Show nackt vorzustellen.

»Habe leider schon Pläne«, murmelte ich möglichst leise, in der Hoffnung, dass Mariam mich überhörte.

Leider sprang sie auf, riss dabei ihren Laptop vom Bett und stürzte auf mich zu. Da Mariam mich seit fünf Jahren zu überreden versuchte, jemanden in mein Herz zu lassen, »weil manche Menschen zu toll sind, um sie draußen stehen zu lassen, so wie ich zum Beispiel«, und ich in diesen fünf Jahren nicht ein einziges Mal ›Pläne‹ gehabt hatte, die nichts mit ihr, meinem Studium oder der Arbeit zu tun hatten, wusste sie, dass es um ihren blöden *one job* gar nicht so schlecht stand.

»Lio ist betrunken und verliebt! Lio ist betrunken und verliebt! Lio ist betrunken und verliebt!«, rief sie und drückte mir einen Kuss auf den Mund.

»Nächstes Mal komme ich wieder mit«, sagte ich zu Elias, während Mariam mich umständlich im Arm hielt und dabei auf und ab hüpfte. »Mit der Alten kann ich dich doch nicht allein lassen.«

2

Ich hatte Mariam auf einer Uni-Rollschuhparty mit dem Motto *Advent, Advent, dein Nervenkostüm brennt* kennengelernt. An der Kasse bekam man eine Handvoll Gutscheine für Drinks ausgehändigt, für die zu Recht niemand Geld bezahlt hätte. Es sollte gesoffen, gerollt und übereinandergestolpert werden, was genauso würdelos war, wie es klang.

Mangels angemessenem Schwips, der meine fehlende Balance mit Selbstbewusstsein hätte ausgleichen können, hielt ich mich am Tresen fest und schaute auf die Uhr. Maximal dreißig Minuten würde ich hierbleiben, ich war schließlich nicht zum Spaß an der Uni. Die Barkeeperin war gerade dabei, Shots mit einer Studentin mit schwarzen, schulterlangen Locken zu kippen, die sich lautstark über die Band beschwerte.

»Ich würde heute Abend gern noch richtige Musik hören. Und heute Nacht will ich einen richtigen Penis und keinen Dildo in mir haben.«

Ich lachte nervös auf, weil ich mich weder mit echten noch mit gefälschten Penissen auskannte und keinerlei Interesse hatte, etwas an diesem Umstand zu ändern.

»Ist doch so!« Sie gab der Barkeeperin ein Zeichen, mir auch einen Tequila zu machen.

»Ich wünsche viel Erfolg bei beidem«, sagte ich und prostete ihr zu.

»Danke. Ich bin übrigens Mariam, oder Mari, wie du willst.«

»Mariam klingt schön«, erwiderte ich. »Lio.«

Ich biss in die Zitrone und kippte den Tequila runter, falsche Reihenfolge, egal. Mariam trug einen schwarzen Minirock aus Cord, ein Flanellhemd und drei klobige Goldketten übereinander. Das einzig Markante an meinem Outfit war der dilettantisch aufgetragene Glitzerlidschatten.

»Ich drehe noch eine Runde, kommst du mit?«

Mariam wartete meine Antwort nicht ab. Sie bewegte sich entschlossen, aber langsam auf eine Masse zu, die im Kreis gegen den Uhrzeigersinn stolperte und glaubte, auch sonst ganz unkonventionell zu sein. Ich kontrollierte den Doppelknoten an meinen Rollschuhen und wankte hinter ihr her.

»Das ist so schrecklich, dass es witzig ist!«, rief sie.

»Wieso schrecklich? Ich freue mich seit Wochen auf diesen Abend!«

»So sahst du auch aus, als du diese Weihnachtskirmes betreten hast.«

Unsere Arroganz hielt zwei Runden. Dann waren wir Teil einer Gruppe graziler Menschen, die nicht um die Wette, sondern gemeinsam rollten, die lebensbejahendste Armee der Welt, das Ganze hatte etwas von Schlittschuhlaufen, nur in Warm und mit vier Rollen auf jeder Seite, links, rechts, links, rechts, so schlecht war die Band gar nicht, eigentlich war sie sogar recht gut. Als Mariam eine halbe Pirouette drehte und mich zu sich in die Mitte kommandierte, fragte ich mich zum ersten, aber nicht zum letzten Mal, warum sie mich ausgesucht hatte. Mariam schien sich gar nichts zu fragen, sondern griff nach meiner Hand. Die gehörte zu einem Körper, der plötzlich showtanzen konnte, so wie die Leute im Fernsehen, nur noch schöner, wir waren zwei händchenhaltende Funkenmariechen, die fasziniert auf ihre fliegenden Beine starrten, um die herum gerollt wurde und für die sich irgendwann niemand mehr interessierte, weil Rollen demokratisch war und auf Rollschuhen alle Menschen gleich schön waren.

»Hey, willst du bei mir einziehen?«, schrie Mariam plötzlich in mein Ohr.

Nach Stunden auf der Tanzfläche hatten zuerst unsere Oberschenkel und dann widerwillig auch wir kapituliert. Inzwischen wummerte Techno aus den Boxen. Neben einer saßen wir und lehnten unsere Köpfe schwer atmend gegen die Betonwand.

»Wie bitte?«, fragte ich.

»Gründest du eine WG mit mir? Ich suche eine Mitbewohnerin. Und halt Sex. Aber in erster Linie eine Mitbewohnerin.«

»Meinst du das ernst?«

»Ja! Ist das erste Mal heute Abend.«

»Was, wenn ich voll psycho bin?«, fragte ich rein hypothetisch.

»Hauptsache, du tanzt gut!«

Ich schüttelte den Kopf, um zu testen, ob sich meine Antwort dadurch ändern würde.

»Ich mache dir einen guten Preis!«, schrie Mariam. »Die Wohnung gehört meinem Vater, der lässt bei der Miete sicher mit sich reden.«

Ich lächelte, und dann grinste und dann lachte ich.

»Ist das ein Ja?«

»Ja!«

Mariam hielt mir feierlich ihre Hand hin. Ich besiegelte den Deal, der auch ohne preisliches Entgegenkommen zustande gekommen wäre. Dann stand sie ruckartig auf und schlitterte mit offenen Rollschuhen zur Bar, um irgendetwas Sprudelndes aufzutreiben.

Ich wollte plötzlich nichts lieber als einen kalten Eimer Wasser. Ich hatte vergessen, wer ich war, dass Übermut selten guttat, und außerdem musste ich los, dringend schlafen, ab acht Uhr morgens waren alle Plätze in der Bibliothek belegt, ja, auch samstags, nein, das konnte Mariam nicht wissen, weil sie Kunst und Deutsch auf Lehramt studierte. Mein Biologiestudium bestand aus Auswendiglernen, Rechnen, Staunen, Fragen und leider auch aus Physik. In der Schule hatte mein brachiales Verständnis von physikalischen Prozessen ausgereicht, jetzt war damit Schluss. Bulimielernen brachte nichts, man musste bulimieverstehen. Unser Professor hatte im November die zweite Grillsaison eröffnet und nicht vor, simulierende Amateur-Einsteins mitzuschleppen, deren primäre Lebensinhalte weder Quantentheorie noch Statistik waren und die somit an der mathematisch-naturwissenschaftlichen Fakultät nichts verloren hatten.

Auf dem Weg nach draußen streckte Mariam der Barkeeperin ihre Einwegkamera hin, mit der sie jeden Monat nur ein Foto machte, und bat sie, uns zu fotografieren.

»Das kommt an unseren Kühlschrank«, sagte Mariam. »Der ist schön rosa.«

Auf dem Bild halten wir uns aneinander fest und haben

zwei identische Sonnenbrillen auf den Nasen, deren Herkunft auch Jahre später ungeklärt blieb. Mariam schaut amüsiert-lässig, ich amüsiert-panisch, weil ich in wenigen Sekunden auf den Hintern fallen würde.

An der Bushaltestelle gab sie mir ihre Nummer und umarmte mich innig. Ich dachte während Umarmungen immer nur daran, wie selten ich Menschen berührte, wann auch und vor allem warum auch? Dann wartete ich, ob ich traurig wurde, weil Körperkontakt wichtig war, auch für das Immunsystem, aber ich spürte nur ein leichtes Unwohlsein wegen der Berührung eines anderen Menschen. Besonders gut fühlte sich das nicht an, das konnte mir niemand weismachen. Ich zählte immer die Sekunden, bis eine Umarmung aufhörte, bei Mariam kam ich bis sechs, das war übertrieben lang, obwohl man sich vermutlich in Umarmungen wie ins Studierendenleben *fallen lassen* musste, dann würde alles *wie von selbst* laufen.

3

»Bin unterwegs«, schrieb ich Max, als ich im Bus saß.

»Ich lasse das Wasser schon mal ein. Stelle es mir peinlich vor, gemeinsam darauf zu warten, dass die Wanne voll wird. So, wie wenn man sich im Zug voneinander verabschiedet hat, aber die Tür nicht aufgeht.«

»Warte lieber noch, das Badesalz muss am Anfang rein.«

»Ach, du bringst wirklich welches mit?«

»Hab drei Duftrichtungen dabei: Bali, Toskana oder Baggersee. Ich bin so gespannt, welcher Typ du bist.«

»Eindeutig Baggersee, Bali ist für Loser. Hoffentlich können wir uns überhaupt einigen? Zeit genug zum Streiten haben wir ja, während das Wasser läuft und läuft und läuft …«

Ich schaute auf die Haltestelle, an der wir gerade hielten. Ein zweites Date war ein Gesichtsverlust mit Ansage, und mein Gesicht befand sich gerade in den besten Jahren. Noch könnte ich rausrennen, Max bestürzt über irgendeinen Notfall informieren, tote Oma, tote Katze, tote Libido, nach dem dritten Reanimationsversuch haben wir aufgegeben, RIP. Ich könnte seine Nummer löschen und vergessen, dass es Männer wie ihn gab, vor denen Frauen wie ich keine Angst haben mussten.

Stattdessen blieb ich sitzen und sah prüfend an mir hinab. Für die nicht sonderlich originelle Komposition aus schwarzer Leinenhose und altem Bandshirt hatte ich eine Stunde gebraucht. Meine Garderobe war kein Ventil, um mich und meine Launen auszudrücken, sekundäre Geschlechtsteile öffentlichkeitswirksam zu präsentieren oder Spaß zu haben. Ich besaß Kleidung, um möglichst selten nackt sein zu müssen. Wenn sie mich nicht blasser machte, als ich war, und meine Oberschenkel und Hüften nicht speckiger wirken ließ, als sie waren, umso besser. Mariam hatte mir für das Date einen BH und einen Slip aus halbdurchsichtigem schwarzen Stoff geschenkt, was bequemer war, als es aussah.

»Ich trage gute Unterwäsche. Die darfst du gern kommentieren, um die Zeit zu überbrücken, bis die Wanne voll ist«, schrieb ich Max und verlor den Rest meiner Selbstachtung.

»Werde ich tun und mich dabei nicht anzüglich-chauvinistisch fühlen. Du hast's ja erlaubt.«

»Du hast den Freifahrtschein Richtung Baggersee.«

Max wohnte etwas außerhalb der Viertel, in denen Mariam und ich normalerweise unterwegs waren. In seiner Straße stand ein Altbau neben dem anderen. Das war ungewöhnlich für unsere Stadt, die während des Zweiten Weltkriegs durch Flächenbombardierungen nahezu komplett zerstört worden war. Ich drückte auf die Klingel am mittleren von drei vergoldeten Schildern und fragte mich, ob ich sie wohl noch öfter betätigen würde.

Im zweiten Stock stand Max grinsend im Türrahmen. Er trug ein lachsfarbenes Shirt, schwarze Shorts und sah besser aus als in meiner Erinnerung, wodurch ich nervöser wurde als in meiner Vorstellung.

»Machen wir das wirklich?« Er küsste meine Wange.

»Das sieht ganz so aus«, schlussfolgerte ich und küsste Max nirgendwohin.

Er wohnte in einer Zweizimmerwohnung mit offener Küche. Auf den Fensterbänken standen sechs Exemplare der gleichen Zimmerpflanze mit grün-pinken Blättern. Es handelte sich um eine dieser Modezüchtungen aus den Niederlanden, die in den Wohnzimmern von Medienschaffenden gut aussehen sollten. Die Pflanzenart wollte einmal täglich mit destilliertem Wasser besprüht werden und brauchte viel Licht, aber bloß keine direkte Sonneneinstrahlung. In dieser Wohnung lebte ein Erwachsener, der anscheinend putzen, waschen und sich um Lebewesen kümmern konnte. Max lehnte an der Spüle und beobachtete mich amüsiert.

»Läuft das Badewasser schon?«, fragte ich.

»Noch nicht.«

Er schob mich sanft aus dem Weg und ging ins Badezimmer. Ich wusste nicht, wohin mit mir, also lief ich Max hinterher und hielt ihm den geöffneten Badezusatz vors Gesicht. Seine Stirn legte sich in Falten.

»Der riecht ja gar nicht nach Bier und Entengrütze.«

»Bier kommt ganz zum Schluss rein, damit es gut schäumt. Steht hinten drauf«, sagte ich.

»Quatschkopf«, sagte Max so sanft, als wäre das ein Kompliment.

Er drehte den Wasserhahn auf.

»Oh«, sagte ich.

Der Strahl war tatsächlich sehr dünn. Es würde ewig dauern, bis die Wanne voll war.

»Sag ich doch. Apropos Bier. Willst du was trinken?«

»Gern.«

Ich wanderte durch die Wohnung und blieb vor seinem Bücherregal stehen. Darin befanden sich eine Goethe-Gesamtausgabe, die das halbe Regal füllte, einige Bücher über Psychologie und die üblichen, immer männlichen Verdächtigen.

»Dein Name gefällt mir«, sagte Max. »Das wollte ich noch sagen.«

»Max ist natürlich auch sehr besonders. Hört man nicht oft.«

»Vielen Dank, das gebe ich an meine Mutter weiter.«

»Können wir jetzt baden gehen?«, fragte ich.

»Bist du nervös?«

»Niemals.«

»Gut. Ich auch kein bisschen.«

Zurück im Bad schob ich den Duschvorhang zur Seite, auf dem ein Bergpanorama unter blauem Himmel abgebildet war.

»Den hat meine Ex ausgesucht«, erklärte Max.

»Schön! Hat was von Kanada.«

»Da wollte ich immer mal hin«, sagte Max.

Ich auch.

Prüfend tauchte ich einen Finger ins Badewasser.

»Hilfe, deine Wasserrohre sind kaputt!«

»Ich bin Heißduscher«, erklärte er.

»Da steig ich nicht rein.«

Er drehte den Hahn in die entgegengesetzte Richtung.

Augen zu und durch, dachte ich und zog mein Shirt über den Kopf. Augen auf und durch, dachte Max und öffnete seine Hose.

»Gehst du gerne in die Sauna?«, fragte er.

»Ab und zu, ja.«

Als Mariam mich damals nach der Rollschuhparty an Weihnachten mit zu ihren Eltern genommen hatte, war das Fest nicht so harmonisch verlaufen wie geplant. Ihre Tante hatte erst großes Interesse an Mariams Dating-Gewohnheiten vorgetäuscht und sich dann wegen ihrer »Experimente« besorgt gezeigt, was Mariam mit einem Mittelfinger über der Weihnachtsgans quittierte. Ihre Eltern mussten sich beide zusammenreißen, um nicht loszulachen. Um den Alten das Fest der Liebe nicht zu verderben, waren wir noch vor dem Nachtisch geflohen. Am ersten Weihnachtstag ließen wir es uns im leeren Wellnessbereich eines Tagungshotels gut gehen und lasen zwischen den Saunaaufgüssen Schundromane, die Jesus sicher auch gefallen hätten. Diese Tradition hatten wir seither fortgeführt.

»Na, dann. Wanne und Sauna sind ja fast dasselbe, was den Nacktheitsgrad betrifft.«

Diesen Spruch muss Max sich zurechtgelegt haben, dachte ich, und dann, dass er eigentlich nicht so wirkte, als müsste er sich irgendetwas zurechtlegen.

»Die Unterwäsche steht dir wirklich fantastisch«, sagte er.

»Wie aufmerksam.«

Ich öffnete die Schleifchen der Wäsche hastig, streifte sie ab und tunkte meinen rechten Zeh ins Wasser, das immer noch sehr heiß war. Als ich aufsah, war auch Max nackt. Ich ließ mich langsam in die kochende Badewanne gleiten und sah ihm lässig in die Augen. Ein Blick, den ich mir wiederum zurechtgelegt hatte, so, wie ich mir dauernd irgendetwas zurechtlegte, als ließe sich das Leben vor dem Spiegel üben.

»Ich hoffe, wir passen da beide rein. Das ist mein erstes Mal.«

Max grinste anzüglich und stieg in die Wanne.

»Keine Sorge, ich bin ganz vorsichtig«, sagte ich.

»Schade.«

Ich sortierte meine Beine so, dass wir möglichst wenig Körperkontakt hatten, links außen er, links innen ich, rechts innen er, rechts außen ich. Ich ließ mich tiefer ins Wasser sinken, bis der Schaum zu meinen Brüsten reichte, und atmete ein und aus. Als ich die Augen wieder öffnete, ruhte Max' Blick auf mir.

»Über dich steht gar nichts im Internet. Jahrelange Recherche-Erfahrung für nichts«, sagte er. »Was machst du so?«

Ich grinste, weil ich diese Frage noch nie nackt beantwortet hatte.

»Ja, ja, ich weiß«, sagte Max lachend.

»Ich verachte Geisteswissenschaften.«

»Kann man davon leben?«

»Es ist ein täglicher Kampf, aber er lohnt sich.«

»Jetzt sag schon.«

»Ich habe Bio studiert und manipuliere inzwischen die DNA von Pflanzen so, dass sie noch mehr Nährstoffe transportieren, im All überleben und Astronauten mit viel Vitamin C und D versorgen können. Also, hoffentlich. Das ist besonders für Mars-Missionen relevant, die mehrere Jahre dauern. Da kannst du nicht alle paar Monate zurück zur Erde, um neue Snacks zu holen.«

»Wow!«, sagte Max.

Ich sprach selten über meine Arbeit, weil den meisten Menschen ihr einfältiges »Spannend!« im Halse stecken blieb, sobald sie hörten, dass ich mich nicht selbst mit Pflanzen dopte, keine Drogen herstellen konnte und meine »Versuche« keine laut knallenden Explosionen im All beinhalteten. Im Weltraum gab es keine Geräusche, und meine Forschung fand in einem Gewächshaus im Industriegebiet statt und bestand aus wochenlanger, kleinteiliger Laborarbeit mit minimalem oder gar keinem Fortschritt. Das Einzige, das manchmal in die Luft ging, war meine Geduld.

»Deshalb hast du dir meine Pflanzen vorhin so genau angeschaut.«

»Und weil du Hobby-Psychologe bist, bist du der stabilste Typ der Stadt.«

Max lachte.

»Wie kommst du darauf?«

»Wegen deiner kleinen ›Bibliothek‹.« Ich malte Anführungszeichen in die Luft.

»Ich bin leider nur Soziologe und damit dein absolutes Feindbild.«

»Und wie bist du beim Radio gelandet?«, fragte ich.

»Willst du die ehrliche Variante oder die, die ich immer erzähle?«

»Wenn du lügst, bin ich weg«, log ich.

»Na gut. Nach meinem Studium habe ich ewig Bewerbungen geschrieben und währenddessen in Bars gejobbt. Das war für eine Weile okay, aber irgendwann waren es fünfzig Bewerbungen, und dann hundert, und ich hatte immer noch keinen Job. Mein Freund Benjamin, der inzwischen fluchtartig die Stadt verlassen hat, konnte das nicht mitansehen und hat mich einem Bekannten vorgestellt, der beim Radio arbeitet.«

Weil Männer nicht mitansehen können, dass andere Männer ihr Potential nicht voll ausschöpfen, ist die Welt so, wie sie ist, dachte ich.

»Und dann wurdest du entdeckt und bist groß rausgekommen?«

»Die Testsendung habe ich kolossal verkackt. Aber ein halbes Jahr später rief mich der Redaktionsleiter wieder an und fragte, ob ich's noch mal versuchen möchte. Das lief okay, also haben sie mich testweise in eine kleine Musiksendung geworfen und nach ein paar Monaten mal reingehört, wie ich mich mache. Dann brauchte Kat einen neuen Partner für die Morgensendung, und ich habe zufällig gepasst. Sie bringt das Chaos in die Sendung, ich die Struktur.«

»Das glaube ich dir aufs Wort«, sagte ich.

Max räusperte sich und griff nach einer Shampooflasche.

»Eins, zwo, eins, zwo, Test, Test.« Er klopfte auf den Deckel und sprach in die Flasche. »Wusstest du, dass die Stimme ein Muskel wie jeder andere ist, der trainiert werden kann?«

Ich beugte mich zu Max und zog eine weitere Flasche hinter seinem Rücken hervor.

»Zum Glück hast du nicht die Hämorrhoidencreme erwischt«, sagte er.

»Heißt das, ich kann dir morgens beim Aufwachen zuhören?«, fragte ich mit tiefer Stimme in meine Flasche.

Als hätte ich das nicht schon längst getan.

»Bitte nicht. Außerdem muss ich aufs Klo. Hältst du dir bitte Augen und Ohren zu?«

»Pisst du jetzt in die Wanne?«, fragte ich.

»Hast du damit ein Problem?«

»Niemals. Ich finde Pinkeln gut«, sagte ich. »Völlig unterschätzte Körperfunktion.«

Max richtete sich auf, ich drehte ihm den Rücken zu und drückte mir die Hände auf die Ohren. Kurz darauf tippte er mir auf die Schulter, und die Klospülung rauschte.

»Wann hast du das letzte Mal geheult?«, fragte er.

Ich wusste es nicht.

»Und du?«

»Bei irgendeinem Liebesfilm. Da kann ich nicht anders, es zerlegt mich jedes Mal.«

Max erzählte von den Bergen, mit denen er aufgewachsen war, von seinem Vater, ohne den er aufgewachsen war, vom Vater seiner Ex-Freundin, der ihm manchmal Nachrichten schrieb, war das seltsam, Max hatte keine Ahnung, von seinem schwarzen Cabrio, für das er sich schämte, aber nicht genug, um es zu verkaufen.

»Warum reden wir eigentlich die ganze Zeit über mich?«

Max strich wie zufällig über meinen Unterarm, was ich bemerkte, aber nicht erwiderte.

»Das kommt vom Radio, weil du da bestimmt auch viel Spannendes erzählst.« Ich tat so, als würde ich gähnen.

Max grinste mich belustigt an.

»Wollen wir langsam raus hier?«, fragte er. »Ich werde ganz schrumpelig.«

Draußen war es inzwischen dunkel und das Badewasser lauwarm. Max stand auf und reichte mir ein Handtuch. Während er sich abtrocknete, scannte ich seinen Körper zum ersten Mal von oben bis unten. Ich hatte noch nicht viele Männer nackt gesehen und daher kaum belastbare Vergleichswerte, aber anatomisch sah alles einwandfrei aus.

In Max' Schlafzimmer kroch ich unter seine Bettdecke und versuchte, möglichst wenig zu blinzeln, damit meine Augen sich alles an ihm merken können würden: die gewellten, heute rötlich schimmernden Haare, die Sommersprossen, die leicht gebräunte Haut, seine Grübchen und das abgeklärte Grinsen, das ich ihm nicht abnahm.

»Hi«, sagte ich und rückte näher zu ihm.

»Hallo.«

Max sah mich an wie einen neuen Star-Wars-Film – oder eine romantische Komödie mit Jude Law, wenn man seinen katastrophalen Filmgeschmack berücksichtigte. Er küsste meine Nase, dann meine Augenlider, die Schläfen, meine Wangen, den Hals, nur nicht meine Lippen.

»Findest du, ich habe Babyhaut?«, fragte er.

Ich runzelte die Stirn und fuhr mit meinem rechten Daumen über seine Wange.

»Nein. Deine Haut ist viel fester und behaarter. Aber schon weich!«

»Okay«, sagte Max und zog die Decke über unsere Köpfe. »Ich muss dir was sagen.«

»Du bist verheiratet?«

»Nein. Depressiv.«

»Ach so«, sagte ich. »Liest du mir was vor?«

Er nahm das obere Buch von dem Stapel auf seinem

Nachttisch. Den dritten Satz bekam ich nicht mehr mit, so müde war ich plötzlich.

Um vier Uhr klingelte Max' Wecker, obwohl er nicht aufstehen musste.

»Fuck«, knurrte Max und haute mehrmals daneben, bevor der schrille Ton verstummte.

Als ich drei Stunden später nackt und mit Handtuchturban ins Wohnzimmer trat, um meine Klamotten zu suchen, die Max wie ein Psychopath auf dem Sofa zusammengelegt hatte, streckte er mir eine Tasse Kaffee und eine Zahnbürste entgegen.

»Für meine Verhältnisse ist das ein herzlicher Start in den Tag. Ich habe bis zwölf Uhr mittags einen riesigen Menschenhass«, begrüßte er mich.

»Hast du das in deinem Bewerbungsgespräch beim Radio auch gesagt?«

»Die haben mich sowieso nur wegen meines Aussehens eingestellt.«

»Ich glaube, es lag an deiner weichen Haut.«

Max lächelte und stellte die Tasse mit einem Knall auf den Küchentresen.

»Also dann …«, sagte ich zum Abschied.

Obwohl heute Sonntag war, musste ich zur Arbeit. In meiner Forschungsgruppe stand eine wichtige Veröffentlichung zu Wasserlinsen an, deren ellenlanges Literaturverzeichnis ich dringend auf den neuesten Stand bringen musste.

»Komm, ich fahre dich. Mit dem Bus brauchst du ewig.«

»In deinem peinlichen Cabrio?«

»Jawohl. Du wirst es unwiderstehlich finden.«

Ich pfiff anzüglich. Draußen setzte Max seine Sonnenbrille auf und lief so schnell zu seinem Auto, dass ich Mühe hatte, mit ihm Schritt zu halten. Auf seiner Rückbank lag eine halb aufgeblasene Luftmatratze.

»Das ist ein Überbleibsel von letztem Monat«, erklärte er.

»Sieht wild aus.«

»Mein Freund Benjamin, den du ja quasi schon kennst, hatte eine heftige Trennung hinter sich und wollte unbedingt nach Holland ans Meer.«

Irgendetwas an der Art, wie er die Worte aneinanderreihte, ließ mich vermuten, dass sein Freund Benjamin mit Max in Holland gewesen war, weil Max eine heftige Trennung hinter sich hatte.

»Wir wollten unbedingt am Strand schlafen und haben diese hochwertige Matratze in einem Discounter erstanden. Abends gab es viel Bier und noch mehr Mücken. Ich bin quasi immer noch verkatert. Älter werden ist nicht einfach.«

»Jetzt, wo du es sagst … Ich fürchte, in spätestens einem Jahr sind deine schönen Haare grau. Ich habe einen Blick für so was«, sagte ich.

»Das nimmst du zurück, sonst ghoste ich dich.«

»In deinem Alter kannst du dir Ghosting nicht mehr erlauben.«

Er gluckste und drehte das Radio auf. Sein Kollege sagte gerade mit einer der Uhrzeit und Musik unangemessenen Begeisterung das nächste Lied an.

»Was für ein hanebüchener Schwachsinn.«

Max wechselte den Sender, den Rest der Fahrt schwiegen wir.

Als eine Smartphone-Stimme erklärte, dass wir nun am Ziel angekommen seien, hielt Max an, griff in seine Jackentasche und legte mir einen Pflanzenableger in die Hand.

»Untersuch den mal in deinem Labor. Bei der Fotosynthese hast du noch beträchtliche Wissenslücken, fürchte ich. Ruf mich jederzeit an, ich helfe gern.«

Ich stöhnte gespielt.

Max verschloss meine Hand, damit die Erde nicht in sein Auto bröckelte, und räusperte sich.

»Das war ein Abenteuer, das seinesgleichen sucht.«

»Das wollte ich auch gerade sagen.«

Ich umarmte ihn umständlich, stieg aus und versuchte mit aller Kraft, nicht über meine Füße zu stolpern. Aus meinen Haaren perlten immer noch Wassertropfen auf den Asphalt. Ich blieb vor dem Kartenlesegerät an der Eingangstür zu unserem Laborkomplex stehen und rührte mich nicht von der Stelle.

Mein Körper fühlte sich an wie vom Blitz getroffen. Aber anders als für Blitzeinschläge typisch, war ich danach nicht tot, sondern lebte.

4

»Darf ich dich eincremen?« Max schüttelte die Sonnenmilch.

Wir saßen am Rand eines Tennisplatzes irgendwo an der Côte d'Azur, in einer Ferienanlage aus Beton mit Security am Eingang. Das kam davon, wenn man seinen Urlaub in Südfrankreich eine Woche im Voraus buchte.

»Machen Sie sich bitte frei, damit ich an alle Stellen rankomme«, raunte Max.

Die Fixierung auf Körperlichkeit empfand ich als lästiges, zu vermeidendes Beiwerk einer aufkeimenden Liebschaft. Max und ich hatten bisher weder miteinander geschlafen noch darüber gesprochen, warum das so war. Irgendwann hörten wir jedes Mal wie selbstverständlich auf. Ich redete mir ein, dass Max das kein bisschen seltsam fand.

»Jetzt komm schon, wir wollen doch Sport machen«, sagte ich und deutete auf den Tennisschläger neben mir.

»Lio?« Er hatte nur ungefähr fünf Minuten gebraucht, um mein rechtes Bein einzucremen. »Willst du mir die Geschichte zu den Narben hier erzählen?«

»Ist das ein Ablenkungsversuch, weil du Angst vor einer Blamage hast?«, fragte ich.

Die Linien auf meinen Oberschenkeln waren fast unsichtbar und nur für Profis erkennbar. Für Profis und Max.

»Ich habe das früher auch gemacht. Bei mir sind nur Haare drübergewachsen«, sagte er.

»Oh. Das tut mir leid.«

Max schwieg, um mich zum Weiterreden zu bewegen, eine von ihm ständig genutzte Interviewtechnik und eine bodenlose Frechheit.

»War blöd damals«, sagte ich und fühlte mich so entblößt, als hätte ich diesem Mann gerade mein halbes Leben erzählt.

»Wegen deiner Eltern?«, fragte er.

»Du bist so sexy, wenn du den Genitiv verwendest.«

Max schwieg schon wieder.

»Auch«, sagte ich und schaute demonstrativ auf den Tennisschläger.

»Kenne ich. Ich hatte so eine Wut auf meinen Vater und wusste nicht, wohin damit. Er war ja weg.«

»Und deine Mutter?«, fragte ich.

»Die hat mir meinen ersten Joint gebaut, damit ich lerne, wie Gras schmeckt, wenn es nicht gestreckt ist. Wer tut so was? Ich wollte immer die strengen Eltern meiner Mitschüler haben.«

Ich stellte mir vor, wie meine Mutter einen Joint mit mir rauchte, und versuchte zu lachen, das war schrecklich komisch, jedenfalls in der Theorie. Für die Praxis brauchte man mehr Fantasie, als ich hatte, deshalb rückte ich nur meine Sonnenbrille zurecht.

»Deine Mutter klingt toll«, sagte ich, obwohl mich der Unterschied zwischen gutem und schlechtem Gras nicht interessierte.

»Verarschst du mich?«, fragte Max.

»Nein.«

»Ich habe viel zu spät verstanden, wie schwer diese Zeit auch für sie war«, sagte er nachdenklich.

Ich nahm ihm die Sonnencreme aus der Hand, drückte eine große Portion auf meine Handfläche und hatte binnen dreißig Sekunden die Körperteile eingecremt, zu denen Max noch nicht gekommen war, also alle bis auf Oberschenkel und Dekolletee.

»War gar nicht schwer, oder?«, fragte er.

»Was?«

»Darüber zu sprechen?«

Ich hatte drei Worte zu den Narben auf meinen Beinen gesagt. Wenn Max das für »darüber sprechen« hielt, würden wir noch besser zusammenpassen, als ich gedacht hatte.

»Na, na. Wie ich höre, haben auch Sie Ihr Päckchen zu tragen!« Ich kniff ihm in die Seite und lief auf den Platz.

Max bildete sich viel darauf ein, dass er seit seinen letzten Neujahrsvorsätzen mit wechselnden Partner:innen Tennis spielte, wechselnd, weil ihn irgendetwas immer störte. Entweder waren sie zu gut oder zu schlecht, redeten komisch oder trugen altersungerechte Socken. Ich hatte ihm nicht verraten, dass ich fast jede Woche mit Mariam Tennis spielte und mein Schlagarm besser in Schuss war als Max' Stimmbänder.

Like mother, like daughter.

Max machte einen Fehler nach dem anderen. Ich scheuchte ihn durch die Gegend, nie umgekehrt, und genoss seine wechselnden Gesichtsausdrücke: Überraschung, Verachtung, Bewunderung, Wut, Stolz, Gier. Als unsere Zeit auf dem Platz fast abgelaufen war und die nächsten

Lastminute-Urlauber:innen am Zaun auf ihren großen Auftritt warteten, perlten Schweißperlen über Max' Gesicht.

»Hast du mal darüber nachgedacht, dass es an dir liegen könnte, dass du beim Tennis auf keinen grünen Zweig kommst?«, fragte ich.

Er zog sein Handy aus der Tasche, legte mir seinen schwitzigen Arm über die Schultern und filmte uns.

»Hallo, Mama.«

»Dein Ernst?«, fragte ich.

»Hallo, Mama. Ich will dir jemanden vorstellen. Das hier ist ...«

»Ich bin Steffi!«, unterbrach ich ihn und presste mein Gesicht durch den Tennisschläger.

Max lachte in die Kamera. Zumindest optisch war es eine Verschwendung, dass er nicht beim Fernsehen war.

»Grüße aus Südfrankreich! Wir sind spontan abgehauen, weil ...«

»Weil Max Angst vor seinem Geburtstag hat und flüchten wollte.«

»Lio lügt. Tschüssi!« Max verabschiedete sich mit einem Luftkuss von seiner Mutter.

»Das schickst du ihr niemals!« Jetzt war ich diejenige mit rotem Gesicht.

»Zu spät.«

Nach einer schnellen Dusche stiegen wir in den Mietwagen, den nur Max fahren konnte, weil ich meinen Führerschein »vergessen«, vielleicht aber auch nie gemacht hatte. Auf dem Weg zum Strand fuhren wir an Feldern vorbei, die so verdorrt waren, dass sie unmöglich irgendetwas Essbares hervorbringen konnten. Ich fand Südfrankreich schon jetzt überbewertet. Max sagte, dass wir das echte Südfrankreich noch gar nicht gesehen hätten. Anstatt die Landstraße weiterzufahren, bog er in einen Feldweg ein und befahl mir, mich aufs Autodach zu legen. Ich fragte, ob er noch alle Tassen im Schrank habe, woraufhin Max sagte:

»Nur noch die Champagnergläser, Chérie.«

Als Fast-Geburtstagskind habe er eine unbegrenzte Anzahl an Wünschen frei, erklärte er. Außerdem könne er Spritztouren dieser Art zu Hause nicht machen, weil das Dach seines Cabrios nicht auf menschliche Fracht ausgelegt war.

Ich warf ein Handtuch auf das heiße Blech, der Beweis dafür, dass ich nicht nur keine Tassen, sondern auch keinen Schrank mehr hatte, und Max schob mich an den Beinen hoch. Er stand jetzt mit den Füßen auf Kupplung und Gaspedal, hielt sich mit dem linken Arm an der offenen Autotür fest und würdigte das Lenkrad keines Blickes. Die Lautstärke der Musik (laut) stand in starkem Kontrast zur Geschwindigkeit, mit der wir uns fortbewegten (langsam).

Voyage, voyage
Plus loin que la nuit et le jour
Voyage
Dans l'espace inouï de l'amour

Statt an Liebe dachte ich an meinen bevorstehenden Tod. Sollte ich nur kurz den Halt verlieren, würde ich wie ein Walross über die Windschutzscheibe rollen und der Mörder, den ich küsste, allein ein Jahr älter werden. Aber Max war nicht der Typ Mann, der seine Affären wegsterben ließ, bevor die auch nur eine Falte hatten. Er war allerdings der Typ Mann, der glaubte, dass ein bisschen Nervenkitzel gut für den Teint war.

»Liegst du stabil?«, fragte er.

»Lag nie stabiler.«

Max beschleunigte, und wir hüpften über den unebenen, schmalen Weg.

Au dessus des capitales
Des idées fatales
Regardent l'océan

Ich schrie, aber nicht vor Panik, sondern vor Vergnügen, und vielleicht ein bisschen vor Panik. Nach dem großen Finale, einer riskanten 180-Grad-Drehung, stellte Max den Motor aus und kletterte zu mir.

Schwer atmend strich ich über seine Bartstoppeln.

»Viele Grüße von meiner Mutter«, sagte Max. »Sie wird dich ab jetzt wöchentlich kontaktieren und deine Kindheit und Jugend mit dir aufarbeiten.«

Ich prustete los.

Er legte sich auf mich und knabberte an meinem Ohr. Ich drückte ihm mein Becken entgegen und konnte mir zum ersten Mal vorstellen, mit ihm zu schlafen.

»Warum machst du alles so bunt?«, fragte ich.

Max antwortete nicht direkt. Erst als wir wieder auf den Sitzen saßen und Richtung Strand fuhren, sagte er:

»Damit noch ein bisschen Farbe da ist, wenn die große Schwarzmalerei losgeht.«

5

An seinem Geburtstag wollte Max ab neun Uhr morgens leicht einen sitzen haben, Boot fahren und abends essen wie Gott in Frankreich.

Mit seiner weißen Jeans und dem weit aufgeknöpften dunkelblauen Leinenhemd sah er allerdings nicht aus wie Gott, sondern wie ein rauschmittelaffiner Regisseur aus Paris, der lange keinen Film mehr gedreht hatte, erst recht keinen guten, Cannes aber jedes Jahr mitnahm, um aufstrebenden Schauspielerinnen von seinen Projekten zu erzählen. In meinem weißen Kleid sah ich aus wie seine abstrebende Imageberaterin, die den ganzen Tag darauf gefasst war, den Regisseur im richtigen Moment von irgendeiner Fünfzehnjährigen wegzerren zu müssen, bevor die sich einen feministischen Hashtag ausdenken konnte. Da hatte sich das teure Marketingstudium an der Privat-Uni ja gelohnt.

In der Realität interessierte mich Max' Image weniger als die grobe Einhaltung unseres Zeitplans, Geburtstag war schließlich nur einmal im Jahr. Weil Max erst keinen Parkplatz gefunden und dann dringend eine neue Badehose gebraucht hatte, verpassten wir das Schiff, das uns auf eine kleine Insel bringen sollte. Am Strand nahmen wir notgedrungen ein zweites Frühstück ein, *deux Aperol Spritz s'il vous plaît,* und spazierten eine Stunde später betont nüchtern auf das nächste Schiff.

An die Reling gelehnt, ignorierten wir sowohl die Mädchen, die sich in Bikinis für ihre Smartphones räkelten und denen die Vorfreude darauf ins Gesicht geschrieben stand, dasselbe später mit reichlich *Sex on the Beach* auf aufgeblasenen Flamingos zu tun, als auch die Rentner:innen, die seit sechs Uhr auf den Beinen waren und hinter ihren Sonnenbrillen ein Nickerchen machten. Wir konzentrierten uns auf die Wellen, die unser Boot im Meer hinterließ, und auf die Küste, die schöner wurde, je weiter wir uns von ihr entfernten.

An der Insel angekommen spuckte das Schiff uns mit zerzausten Haaren aus. Wir liefen zum Strand auf der gegenüberliegenden Seite, wo Max wortlos seine Klamotten auszog und zu einer Felsengruppe schwamm. Er kletterte auf den größten Stein, richtete sich auf und starrte in die Ferne.

Als Max sich minutenlang nicht bewegt und ich genug Yachten gezählt hatte, dreiundzwanzig, schrie ich:

»Hey! Guter Arsch!«

Max drehte sich mit versteinerter, für einen Geburtstag zu gequälter Miene um. Nur langsam breitete sich ein Lächeln auf seinem Gesicht aus. Ich war froh, dass er so weit weg war und nicht sehen konnte, wie ich errötete. Er machte einen Kopfsprung ins Wasser, und als er eine Ewigkeit später vor mir wieder auftauchte, hatte ich mich schon damit abgefunden, dass er auf einen Stein geprallt und den dümmsten aller Tode gestorben war.

»Max!«, rief ich. »Das ist gefährlich!«

»Deine Mutter ist gefährlich.«

Dagegen kam ich argumentativ nicht an.

Max hob mich hoch und trug mich ohne zu fragen, aber immerhin mit Klamotten ins Wasser, damit wir nicht nur einen ähnlichen Aperol-Pegel, sondern auch denselben Salzwasser-Pegel haben würden. Ich hatte beträchtliche Vorbehalte gegenüber Wasser in seiner natürlichen Form, wollte diese im Urlaub aber ausräumen. Max begutachtete meine Brustwarzen interessiert, die sich durch Bikini und Kleid abzeichneten. Die Jugendlichen mit ihren Flamingos würden sich an dieser Stelle wohl begeistert sogenanntem Trockensex hingeben, was unter Wasser trotz der semantischen Irritation sicher eine super Sache war.

Das Schiff erlöste mich und störte Max mit dem ersten Tuten, das Zeichen, dass sich die Gäste langsam auf den Rückweg machen sollten. Wir sammelten unsere Sachen zusammen und wanderten in Richtung Anleger. Kurz bevor das Schiff in Sicht kam, zog Max mich in ein Waldstück, wo nicht wenige zusammengeknüllte Taschentücher lagen. Romantisch. Er beugte sich zu mir und küsste mich langsam. Als seine Hände sich meiner Bikinihose näherten, wurde ich nervös, aber nicht freudig-nervös, sondern schwindelig-nervös. Ich drückte mich gegen ihn, damit er meine Haare oder meinen Rücken oder sonst irgendetwas anfassen musste, das sich nördlich von meinem Becken befand. Max kam ins Stolpern, fluchte und lachte gleichzeitig und ließ sich auf den Boden fallen. Ich setzte mich auf ihn und knabberte an seinem Hals. Alles an diesem Vorgang war lächerlich. Ich verhielt mich abwechselnd wie ein Roboter und wie ein Tier, das gerade geboren wurde und sich sofort verteidigen musste, aber nicht wusste, wie. Ohne Ziel und Elan zog ich an Max' Hose. Um mit seinem oder irgendeinem Penis in Berührung zu kommen, brauchte ich schon etwas mehr Alkohol. Max machte Geräusche, die selbst für meine unerfahrenen Ohren wenig enthusiastisch klangen.

»Etwas unglamourös«, sagte ich, nachdem Max überraschend und ohne Vorwarnung zwei Finger in mich hineingeschoben hatte.

Mir war unklar, unter welchen Umständen oder in welchen Zuständen andere Menschen diesen Vorgang genossen.

»Bei mir passiert auch nichts, sorry«, sagte er, als sei das seine und nicht meine Schuld.

Das Schiff hupte zum zweiten und vorletzten Mal.

»Champagner in der Sonne ist sowieso besser!«, rief Max und sprang auf.

Als wir das nächste Mal »Mmh« und »Aah« machten, mussten wir unseren Enthusiasmus nicht vortäuschen. Wir saßen in einem familiengeführten Restaurant, das im Reiseführer als Geheimtipp genannt wurde, aber trotzdem gut war. Der Koch verwendete ausschließlich regionale Zutaten, die frisch zubereitet und laufend auf kleinen Tellern aus der Küche getragen wurden: Linsensalat, Hähnchen mit Champignons, Milchreis. Das ältere französische Paar neben uns sprach so gut Deutsch wie wir Französisch, also gar nicht. Deshalb kommunizierten wir mit aufgerissenen Augen und zeigten auf die Gerichte, die besonders köstlich waren.

Max' Handy hatte den ganzen Tag mindestens stündlich geklingelt, weil ihm Kolleg:innen, Freund:innen und Verwandte gratulieren wollten. Viele der Namen hörte ich zum ersten Mal. Inzwischen war das Telefon schon länger stumm geblieben. Als es jetzt vibrierte, schaute Max kurz aufs Display und drehte es wieder um.

»Ist egal«, sagte er, als ich ihn fragend anschaute.

Egal hießen Leute, von deren Existenz ich nichts wissen sollte und auch nichts wissen wollte.

»Das war mein Vater«, erklärte Max nun doch. »Er gratuliert mir immer erst spätabends zum Geburtstag, weil meine Mutter ihn auf den letzten Drücker dran erinnert.«

»Willst du nicht mit ihm sprechen?«, fragte ich.

»Nö«, sagte Max.

»Willst du mit mir sprechen?«

»Es nervt, ich weiß.«

»Was?«, fragte ich irritiert.

»Na, ich. Du wärst nicht die Erste, die darauf keine Lust hat.«

»Ich habe keine Ahnung, was du meinst.«

»Meine Sinnkrisen. Dabei ist das hier noch harmlos.«

»Haben die nicht alle Menschen?«

»Fragst du dich jeden Tag, wie und wo du leben willst? Oder ob es das gewesen ist? Warum du hundert Chancen gehabt und alle verpasst hast? Ob du bis an dein Lebensende den Berufsjugendlichen vom Dienst spielen willst? Und wie schrecklich es wäre, wenn Kat aufhört, weil sie ein drittes Kind will? Warum dein scheiß Penis immer seltener hart wird?« Max hielt kurz inne. »Gut, dass wir in Frankreich sind. Penis!«

Das Paar neben uns und alle anderen Gäste drehten sich um.

»Du bist dreiunddreißig.«

Max war eineinhalb Jahrzehnte zu jung für derartige Fragen.

»Eben. Ich habe mir immer eingeredet, dass man die großen Sachen nicht planen kann, aber vielleicht stimmt das nicht.«

»Welche großen Sachen?«

»Keine Ahnung«, sagte er und überlegte. »Aber sollte ich jemals Kinder bekommen, soll meine Tochter Emily heißen.«

Huch, dachte ich.

»Wahnsinn«, sagte ich.

»Was?«

»Emily ist schon immer mein Lieblingsname.«

Wir saßen mit schimmernden Augen (Max) und offenem Mund (ich) voreinander und wussten nicht, was wir mit dieser eigentlich hypothetischen, aber aus Versehen sehr praktisch gewordenen Unterhaltung über Kinder machen sollten.

»Eigentlich ist gerade alles gut so, wie es ist«, sagte er.

»Dann musst du vielleicht gar nichts ändern? Jedenfalls nicht heute.«

Max hob sein Glas, das der Kellner den ganzen Abend über mit immer neuen Weinen aufgefüllt hatte.

»Auf morgen!«

Als wir das letzte Dessert in uns hineingequetscht hatten, eine fantastische Crème brûlée, und dann das allerletzte, eine Käseplatte, leerte sich das Restaurant allmählich.

Ich betrachtete Max' Grübchen und fragte mich, wie er in zehn oder dreißig Jahren aussehen würde. Ich wollte den Berufsjugendlichen vom Dienst nackt sehen, und zwar sofort. Als ich ihm meine Pläne ins Ohr flüsterte, verschwanden die Sorgen aus seinem Gesicht, und er hatte wieder diesen entspannten, zuversichtlichen und sanften Blick wie in seiner Badewanne drauf.

Während Max auf der Toilette war, beglich ich die Rechnung. Die Summe befand sich im unteren dreistelligen Bereich und hätte mir zu Hause ein Schwindelgefühl verursacht. Für Max waren gute Restaurants selbstverständlich, während mir Pommes rot-weiß vom Imbiss reichten. Er bestellte kein Glas Wein, sondern eine Flasche, er überlegte nicht, ob wir zur Feier des Tages, irgendwas war immer, eine Vorspeise oder ein Dessert teilen sollten, wir brauchten beides. Dringend. Sechs Austern waren besser als zwei, fünf kleine Gänge besser als drei große und billiger Fusel konnte einen ganzen Abend ruinieren. Die schnoddrige Selbstverständlichkeit, mit der Max Luxus aufaß oder wegtrank, empfand ich im besten Fall als gewöhnungsbedürftig und im schlechtesten als obszön. Mariam und ich kauften ausschließlich Tetrapak-Wein, obwohl ich mein halbes Leben lang jeden Herbst im Weinberg Trauben gelesen hatte und es besser wissen müsste. Aber so schlecht war der gar nicht.

Draußen vor der Tür empfing uns der Sauerstoff und mit ihm geschätzte dreihundert Promille Alkohol. Gackernd schwankten wir auf das Taxi zu, das Max bestellt hatte. Auf der Rückbank setzte ich mich auf seinen Schoß und drückte unzählige Küsse auf die Haut von Gott in Frankreich.

Als wir schließlich wieder in unserem Ferienappartement waren, zog ich ruckartig mein Kleid über den Kopf.

»Dich will ich jetzt im Pool …«, fing ich an, als sich der dünne Stoff in meinem Bikinitop verhakte und mir die Sicht auf Max versperrte.

»Tut mir wirklich leid, aber das ist gegen den Kodex«, sagte Max, der mit dem Alter offenbar immer weniger Spaß verstand.

»Hä?«, fragte ich.

»Mit betrunkenen Frauen schläft man nicht.«

»Dürfen betrunkene Frauen denn mit betrunkenen Männern schlafen?«

Max entknotete mein Kleid so unbeteiligt, als wäre er Verkäufer bei Zara und wollte mich möglichst schnell aus der Kabine scheuchen.

»Na? Allein hier?«, sagte ich zwinkernd, als ich nur noch in Bikinihose vor ihm stand und er immer noch nichts gesagt hatte.

Max' Mundwinkel zuckten.

»Lachst du mich aus? Max! Komm!«

»Wir schwimmen zwei Bahnen und schlafen dann deinen Rausch aus.«

»Meinen! Ist klar«, rief ich.

Auf dem Weg nach draußen griff Max nach einem Handtuch, das er mir umband. Im Aufzug presste ich ihn gegen den Spiegel und dachte: Dir, mein Lieber, steht der legendärste Sex deines Lebens bevor, und mit ein bisschen Glück werde ich davon nichts mitbekommen.

Am Pool angekommen machte ich eine Arschbombe, die ihren Namen verdiente. Der Heißduscher ließ sich bibbernd ins Wasser gleiten, verschränkte die Arme vor der Brust und ließ mich nicht aus den Augen. Erst als ich extrem sexy, also extrem verrenkt, an ihm vorbeischwamm, packte er meine Füße und zog mich zu sich zurück. Max strich mir über die Schultern und beugte sich zu mir hinunter, als wollte er mich küssen. Stattdessen drückte er mich unter Wasser.

Schlagartig war ich nüchtern, acht Jahre alt und mit meiner Mutter im Schwimmbad. Ihre Definition von Tauchübungen war, dass ich so lange unter Wasser blieb, bis sie mich auftauchen ließ. Egal, wie heftig ich mit den Beinen strampelte und mit den Armen ruderte, sie drückte mich weiter nach unten. Wenn mein Kopf wieder über der Wasseroberfläche war und ich Chlorwasser spuckte, hatte niemand etwas bemerkt. Das Lachen meiner Mutter übertönte mein Weinen, weshalb ich irgendwann damit aufhörte. Im Gegensatz zu meiner Mutter fand Max meine Verzweiflung nicht lustig oder essenziell für meine Entwicklung, *irgendwer muss dir doch Tauchen beibringen, du wirst mir noch dankbar sein, dass du nicht so eine Memme geworden bist,* sondern ließ mich los.

»Was ist passiert?«, fragte er mit großen Augen, als ich wieder aufgetaucht war.

»Ich tauche nicht gern«, sagte ich.

Ich hatte einige Jahre lang immer wieder versucht, für mindestens zehn Sekunden unter Wasser zu bleiben. So schwer konnte das doch nicht sein. Mit einer Hand hielt ich mich also am Beckenrand fest, mit der anderen drückte ich mir die Nase zu. Meine Augen waren geschlossen, ich hatte tief Luft geholt, es gab keinen Grund, dass ich nach nur zwei Sekunden unter der Wasseroberfläche explodierte, mit einem Puls von hundertachtzig nach oben schoss und als Memme wieder auftauchte.

»Du tauchst nicht gern, oder du hast Todesangst?«

»Meine Mutter hat mich früher manchmal etwas zu lange unter Wasser festgehalten.«

»Wie bitte?«, fragte Max.

Wieso sprachen wir schon wieder über meine Mutter?

»Hört sich schlimmer an, als es war«, sagte ich und fügte dann hinzu: »Jetzt habe ich unseren Pool-Sex-Moment zerstört.«

Max umarmte mich und hob mich hoch, bis ich auf seinen Armen lag und an der Wasseroberfläche schwebte. Ich fühlte mich schwer, obwohl man im Wasser doch für gewöhnlich fast schwerelos war.

»Das ist wie Tauchen, nur andersherum«, flüsterte er und drehte sich langsam um die eigene Achse.

»Willst du mich?«, fragte ich.

»Sehr.«

6

Auf meiner Abiturfeier hatte ich ein letztes Mal zu viel von dem Bier getrunken, das in der Nähe gebraut wurde und nach verbranntem Plastik schmeckte, und auf dem klebrigen Boden der Turnhalle getanzt, erfüllt von dem für diese Lebensphase typischen und in jeder anderen Lebensphase unerträglichen *Ab-morgen-gehört-mir-die-Welt-schnallt-euch-bloß-an*-Gefühl. Gleichzeitig war ich traurig, dass ich meine Klassenkamerad:innen, die allesamt wunderschön, humorvoll und ihrer Zeit weit voraus waren, warum fiel mir das erst jetzt auf, in Zukunft seltener sehen würde. Zum ersten Mal dachte ich mir keine Ausrede aus, warum ich nicht zu Hause übernachten würde. Ich blieb einfach weg. Und es passierte nichts. Ich mochte die Person, die ich im Begriff war zu werden: frei, selbstbewusst und ein bisschen rücksichtslos.

Dann zog ich mit zwei Koffern, in die alles passte, was ich besaß, von zu Hause aus. Ich prägte mir jedes Zimmer dieser dunklen Wohnung noch einmal ein, wer wusste schon, wofür das gut war. Dann war ich weg und kehrte nie zurück.

Die Stadt, in die ich zog, war nicht so groß, dass ich mich in ihr verlieren würde, aber groß genug, um es manchmal versuchen zu können. Sie war laut, dreckig und genau das, was ich brauchte. Mein Zimmer im Studierendenwohnheim hatte dunkelgrünen Teppichboden, furnierte Einbauschränke und hellgelbe Wände, die nicht weiß gestrichen werden durften. Das perfekte Zuhause. Ich richtete es mit Flohmarkt- und Sperrmüllfunden ein, kaufte eine analoge Kamera und fotografierte, was mir besonders schien. Also alles.

Mein Biostudium empfand ich als schwer zu fassendes, oft unerträglich großes Glück. Mir machte das Spaß, was für die anderen Studierenden lästiges Beiwerk war – Heuschrecken zu sezieren, bei Regen auf der Suche nach Würmern durch den Wald zu krabbeln oder nach einer stundenlangen Statistik-Lerneinheit in der Bibliothek um kurz vor Mitternacht nach Hause zu radeln –, und das Angst, was für die anderen Spaß war: Hüftjeans, geschwänzte Vorlesungen und bewusstseinserweiternde Substanzen.

Meine Mutter hatte mir beigebracht, was echte Probleme waren, meistens irgendetwas mit Geld, und dass man sich über die anderen Probleme nicht beschweren durfte. Also beschwerte ich mich nicht, auch nicht in Gedanken, über meine Tage, die so vollgepackt waren, dass ich nicht wusste, wie eine Person das alles bewältigen sollte. Ganze Monate verbrachte ich zwischen Uni, Laborpraktikum und Prüfungsvorbereitungen und war überrascht, wie wenig Schlaf der Körper braucht, wenn einem etwas wichtig ist.

Im zweiten Semester begann ich in einem Café zu jobben, anfangs, um mir dieses Leben leisten zu können, später auch, weil sich nur körperliche Arbeit anfühlte wie echte.

Ich schrubbte Böden, schäumte Milch auf, backte Kuchen und hörte schnell wieder auf damit, nahm unverschämten Kund:innen den Wind aus den Segeln, wünschte dem Rest einen blendenden Tag, machte den Kassenabschluss und die Lichter aus, traf mich mit meinen Kolleg:innen auf ein Feierabendbier, schloss abends ab und morgens wieder auf.

Und dann kam Mariam. Sie war zwei Jahre älter als ich, brauchte wenig Schlaf und viele Abenteuer, sie besaß ausschließlich bunte Kleidung und davon viel, für Demonstrationen bastelte sie die beliebtesten Schilder, auf Festivals verteilte sie an alle Umstehenden Glitzer, ob die wollten oder nicht. Mariam traf überall Leute, die sie kannte und mit denen sie bald einen Kaffee trinken gehen wollte, und im Gegensatz zum Rest der Menschheit tat sie das wirklich. Sie redete so beiläufig und routiniert über Sex, als ginge es um ihr Frühstück, was oft genug zutraf.

Mariams Dachgeschosswohnung war der hellste Ort, an dem ich je gewesen war. In jedem Zimmer lagen große und kleine Berberteppiche, von denen sich meine Füße umarmt fühlten. Überall befanden sich Sitzkissen, Sessel und einsturzgefährdete Bücherstapel, in denen ich einige Bibliotheksexemplare erkannte, die Mariam vergessen hatte zurückzubringen. In einer Ecke des Wohnzimmers standen zwei Staffeleien und Dutzende Farbtöpfe. Gerade prangte ein grellbunter Dackel mit überdimensioniertem Bauch, in dem sich verschiedene Gegenstände befanden, auf einer Leinwand. Mariam betonte, dass ich mich in der Wohnung genauso zu Hause fühlen solle wie sie. Sie hatte eine Liste mit Möbelstücken gemacht, die sie austauschen oder neu anschaffen wollte, und fragte mich nach meiner Meinung, wenn sie etwas entdeckte, das ihr gefiel. Von mir aus hätten wir gar nichts verändern müssen. Trotzdem verbrachten wir ganze Samstage in gemieteten Transportern und kutschierten Kommoden, Sessel, Tische oder Lampen durch die Stadt. Vor allem aber aßen wir Currywurst mit Pommes, tranken literweise Cola und rülpsten bei offenen Fenstern wie echte Männer.

»Warum erzähle immer nur ich von Blowjobs und all dem anderen Kram?«

Zwei Monate nach meinem Einzug saßen Mariam und ich eingemummelt in Winterjacken auf der Dachterrasse und begrüßten den Frühling mit einem ausführlichen Frühstück. Sie hatte mir gerade detailreich von Marlene vorgeschwärmt, die ihr den »besten Oralverkehr« ihres Lebens geschenkt hatte und die sie deshalb unbedingt »behalten« wollte.

Wir kannten uns jetzt seit drei Monaten, in denen ich keine einzige solcher Geschichten beigesteuert hatte. In Mariams Zeitrechnung war das eine unerträglich lange Zeit ohne Sex. In meiner war es die beste meines Lebens.

»Es ist kompliziert«, sagte ich und erhoffte mir betretenes Schweigen.

»Ist es doch immer, oder?«

»Schaust du einfach jemanden an und denkst, mit dir will ich schlafen?«, fragte ich.

»Manchmal warte ich mit der Vorstellung, bis ich den Namen weiß. Manchmal nicht«, sagte Mariam.

»Das ist mir so fremd.«

»Glaub mir, je älter wir werden, desto besser wird der Sex. Wir müssen uns erst mal von unseren eigenen Erwartungen lösen.«

Mariam legte den Kopf schief und dachte über ihre *sex-positive journey* nach. Ich legte den Kopf schief und dachte darüber nach, dass ich es nicht mal schaffte, mir einen Tampon einzuführen, ohne vor Ekel und dann vor Hass auf den Ekel loszuflennen.

»Weißt du«, erklärte Mariam jetzt, »ich hatte früher ganz schlimmen Sex mit Frauen, schlimm im Sinne von schlecht, ohne Dynamik oder Vibe, viel zu schnell oder zu nervös. Danach dachte ich, ich muss hetero sein. Als ich endlich und eher aus Versehen guten Sex mit einer Frau hatte, gut im Sinne von ›Können wir uns bitte eine Woche krankmelden und nie wieder aufstehen‹, war mir klar, dass ich doch nicht hetero bin. Ich habe mir meine ganze Jugend über eingeredet, ich könnte gar nicht bi sein, weil ich noch nie mit einer Frau geschlafen hatte. Männer zu daten war bis zu einem gewissen Alter bequemer, die kriegt man leichter rum.« Mariam hielt inne, ihr Vortrag war noch nicht vorbei. »Als ich als Au-pair in London war, hat es Klick gemacht. Die queere Clubszene war mein Untergang, oder meine Rettung. Ich hatte so Lust auf Brüste und Lippen und weiche Haut. Lecker. Und dann kam ich zum ersten Mal mit einer Frau. Sie war zehn Jahre älter und hat unsere Körper so zelebriert, wie ich es noch nie erlebt hatte. Da war ich schon Anfang zwanzig!«

»Schon«, sagte ich und fühlte mich verhöhnt.

»Hast du es schon mal mit einem Auflegevibrator versucht?«, fragte Mariam. »Sonst bestelle ich dir einen, und zwar hier und jetzt! Die Dinger sind der Beweis dafür, dass Gott eine Frau ist!«

Mir wurde kotzübel. Wenn Gott eine Frau war, musste sie doch verstehen, dass Sex der Untergang meiner Welt war, und Gespräche über ihn oder Experimente mit ihm den anderen überlassen. Die meisten Objekte, die in Vulven eingeführt wurden, Penisse, Hände, Dildos, waren noch größer als Tampons. Manche hatten ein Eigenleben, das man selbst kaum steuern konnte. Die Gegenwart dieser Gegenstände nicht nur ohne Panik zur Kenntnis zu nehmen, sondern sogar Gefallen an ihnen zu finden, schien mir unmöglich. Wenn Mariam von massierenden Bewegungen auf der Klitoris, doppelter Stimulation oder Analsex sprach, ging in meinem Kopf wieder die Tampon-Endlosschleife los, *mit einer fettigen Creme darauf muss er doch flutschen,* aber es flutschte gar nichts, und wenn, dann in die falsche Richtung, und um ihn wieder herauszufischen, musste ich den Atem anhalten, mir abwechselnd Mut zusprechen und mich beschimpfen, *wie lächerlich kann man sein.* Wenn ich den Tampon nach minutenlangem Rumwühlen und lautlosem Schreien wieder in der Hand hielt und mir eine Binde in den Slip legte, schwor ich, mir nie wieder irgendetwas einzuführen.

Während Mariam Männer und Frauen sammelte, als ginge es darum, ein Panini-Stickeralbum vollzubumsen, hatte ich alle sechs Monate mal auf einer Party mit einem harmlosen Typen geknutscht, hauptsächlich, um mir zu beweisen, dass ich eine ganz normale Studentin mit einem ganz normalen Männerverschleiß war. Dann musste ich immer schnell los und ließ sie stehen, bevor sie freundlich und wertfrei fragen konnten, warum sie nicht mit zu mir durften.

»Was ist denn mit dir?«, fragte Mariam. »Jetzt sag schon, mich kann nichts schocken.«

Wenn Gott eine Frau war, wollte sie vielleicht, dass ich wenigstens einmal über die Erfahrung sprach, der ich nie viel Raum zugestanden, die diesen Raum aber dennoch eingenommen hatte.

»Ich hatte erst ein Mal Sex. Und das war nicht freiwillig.«

Mariams Miene verdüsterte sich.

»Das mit dem Schock nehme ich zurück«, sagte sie.

Als sie ihr Handy aus der Hand legte, auf dem die Seite eines Erotik-Versandhandels geöffnet war, wusste ich, dass es ein langer Abend werden würde, an dessen Ende wir uns umarmen und Mariam »Siehst du, Reden wirkt Wunder« und ich »Klar, ich bin ein neuer Mensch« sagen würde.

7

Wie immer, wenn ich panische Angst hatte, tat ich nichts. Ich kämpfte nicht, ich rannte nicht, ich schrie nicht. Ich hatte Angst vor den Schmerzen und davor, dass Max merken könnte, dass ich noch nie Sex gehabt hatte, jedenfalls keinen richtigen, und dass das Bettlaken danach blutig sein und mich verraten würde. Ich war der unentspannteste und hässlichste Mensch, der je unter ihm gelegen hatte. Ich wollte raus aus dieser Situation und raus aus diesem Körper, nicht nur für den Moment, sondern für immer, ich wollte sterben, aber den Gefallen tat mein Körper mir nicht.

»Wenn du dich entspannst, komme ich leichter rein«, flüsterte Max in mein Ohr.

Mein Körper zuckte zusammen und tat das Gegenteil.

Ich lag auf dem Boden eines mobilen Spülwagens, der wiederum zwischen zwei Toilettenwagen stand. Alles klebte, und es roch, wie es auf Dorffesten eben roch. Über mir kniete ein etwa zehn Jahre älterer Mann aus meinem Ort, den ich irgendwann mal aus dem einfachen Grund angehimmelt hatte, weil er erwachsen war und sicher aufregende Männersachen tat. Aus der Nähe betrachtet sah seine Haut talgig aus. Als Jugendlicher hatte er offenbar einige Zahnarzttermine verschlampt. Er roch nach Alkohol und hielt einen rasierten Schädel für eine Frisur.

Konzentriert, aber ungeduldig grunzend arbeitete er sich an meinen Klamotten ab. Im Festzelt nebenan spielte eine Böhse-Onkelz-Coverband *Wir ham' noch lange nicht genug*.

Immer wieder drückte ich seine Hände weg und versuchte, mich unter ihm herauszuwinden. Er fand das putzig. Bei jungen Mädchen hieß Nein bekanntlich oft Ja. Da brauchte man etwas Fingerspitzengefühl, um herauszufinden, ob sie nicht doch ordentlich durchgenommen werden wollten. Der Mann entschied, dass das der Fall war. Er drückte meine Hände über meinem Kopf zusammen, jetzt hatte ich keine und er noch eine Hand frei.

Als ich mich weiter wand, wurde er wütend.

»Wie oft hattest du schon Sex? Mir macht es nichts aus, wenn du noch nicht oft gefickt hast«, lallte er und zerrte mir die Hose herunter.

Als ich merkte, dass ich trotz seines Zustands nicht gegen ihn ankommen würde, schloss ich meine Augen und stellte mir vor, ich wäre vollständig bekleidet und an einem anderen Ort.

»Wenn du dich entspannst, komme ich leichter rein«, ächzte er.

Dann war sein Penis in mir, zumindest glaubte ich, dass er das war, und ich nackt und allein in einem Spülwagen, aus dem keine Geräusche nach draußen dringen würden.

Endlich wieder neue Noten

Neue Schweinereien
Fiese Lieder, harte Worte
So soll es sein
Ich seh euch schon im Dreieck springen
Eure Eltern hör ich schrei'n

Ich tat, was ich immer getan hatte, wenn mein Körper wie ein All-you-can-eat-Buffet geplündert wurde: Ich wartete, bis der Kunde satt war und sich verpisste, natürlich ohne Trinkgeld zu geben.

»War doch gar nicht schlecht«, sagte der Typ, zog sich die Hose hoch und verschwand.

Mit nur einem Schuh trat ich wieder nach draußen. Den anderen hatte ich nicht mehr gefunden. Dann schwankte jemand auf mich zu, lehnte sich gegen den Spülwagen und kotzte in den Matsch.

Als ich weit nach Mitternacht wieder nach Hause kam, war mein Vater noch wach und schaute einen britischen Agententhriller.

»Was hast du denn mit deinem anderen Schuh gemacht?«, fragte er zur Begrüßung.

»Oh«, sagte ich und tat so, als würde mich der Anblick überraschen.

»Vielleicht bringt dein Prinz dir den zweiten morgen vorbei«, sagte er.

»Sehe ich aus wie Aschenputtel?«, fragte ich.

»Ich schneide jedenfalls jedem die Eier ab, der dich nicht wie eine Prinzessin behandelt.«

Woher wusste mein Vater, was Eier waren?

»Brauchst du eine Adresse?«, fragte ich.

Er würde seinen guten Mantel und die guten Lederschuhe anziehen, an der Tür des Mannes klingeln, der natürlich noch bei seinen Eltern wohnte, und den »Junior« sprechen wollen. Sobald dieser im Türrahmen stand, würde mein Vater die Heckenschere meiner Mutter hervorzaubern, ein durchdachtes Produkt deutscher Handwerkskunst, und kurzen Prozess machen.

»Wenn du jetzt ins Bett gehst, verrate ich deiner Mutter nicht, dass du«, er schaute gespielt streng auf die Uhr, »vier Stunden zu spät bist.«

»Darf ich noch einen Absacker mit dir trinken?«

Seine Weinflasche war fast leer, und fast leere Flaschen wurden in unserem Haushalt nicht geduldet.

»Du willst doch morgen in der Kirche keinen dicken Kopf haben«, sagte er, als wüsste er nicht, dass ein Glas kein Glas war.

»Nein, das wäre wirklich schrecklich«, sagte ich.

»Schlaf gut, Aschenputtel«, sagte mein Vater.

»Tue ich dir weh?«, fragte Max. »Wir müssen das nicht machen.«

»Nein, alles gut«, sagte ich.

Als Max nach zwei Versuchen in mir war, entspannte sich mein Becken, und meine Augen füllten sich mit Tränen, weil ich wusste, dass das Schlimmste vorbei war.

Ich strich ihm mechanisch über den Kopf und bewegte mich minimal, damit Max nicht dachte, er schliefe mit einer Bewusstlosen. Dann lösten wir uns voneinander, und der leiseste Sex, den zwei Menschen je gehabt hatten, war vorbei. Max war bestimmt nicht gekommen, wie auch, wir waren nicht wild oder leidenschaftlich gewesen, sondern langsam und vorsichtig.

»Das war noch schöner als in meiner Vorstellung. Und ich habe es mir oft vorgestellt«, sagte er mit belegter Stimme.

Das konnte gar nicht schön gewesen sein.

Ich legte meinen Kopf auf seine Brust, damit wir uns nicht tief in die Augen schauen und noch mehr Unsinn zuraunen würden.

»Du bist so weich«, flüsterte Max.

»Kannst du mich festhalten?«, fragte ich, weil mein Körper sich anfühlte, als würde er gleich auseinanderfallen.

Er schlang seine Arme und Beine um mich und drückte meine Hand auf sein Herz, das ungesund schnell schlug, vielleicht sollte er sich mal untersuchen lassen, und dann mischte sich unter den Schmerz der letzten Minuten, denn es hatte sehr wehgetan, eine Ahnung davon, was ich all die Jahre verpasst hatte.

8

Mit einem Baumstamm auf der Schulter sprang Max durch das Lagerfeuer im Garten seiner Mutter.

Es war vier Uhr morgens, jemand hatte LSD verteilt und Max als Einziger eine ganze Pappe genommen, obwohl die empfohlene Tagesration bei einer halben lag. Sein Abitur-Jahrgang feierte alle zwei Jahre im Frühherbst eine rauschende Ehemaligen-Party, die drei Tage andauerte, oder so lange, wie der Letzte brauchte, um sich und allen anderen zu beweisen, dass man inzwischen zwar verheiratet war und in einem Reihenhaus wohnte, der Wille zur Selbstzerstörung aber noch ganz der alte war.

Max' Mutter verbrachte die Nacht wohlweislich bei ihrer besten Freundin und hatte mir über ihn ausrichten lassen, wie sehr sie sich auf unser Kennenlern-Frühstück am nächsten Tag freute. *No pressure.*

Während das Strahlen auf seinem Gesicht heller wurde, hörte ich Max' Radiostimme, wie er Kat am Montagmorgen von diesem Abend erzählen würde. Aus den chemischen Drogen würde Alkohol werden, aus Max, der einen Hang hinuntergerollt war und danach vergessen hatte, wer und wo er war, und der seine Freundin, als sie ihn schließlich nach stundenlanger Suche im Wald wiederfand, mit den

Worten »Warum liegt hier eigentlich Stroh?« begrüßt hatte, würde »ein Freund« werden – was Kat mit einem lang gezogenen »Klaaar, ein Freund« quittieren würde. Anschließend würde sie von ihrem »nicht weniger ekstatischen« Wochenende erzählen, an dem beide Kinder ausnahmsweise sechs Stunden durchgeschlafen hatten, die Tomatenpflanzen auf dem Balkon ausführlich bewässert worden waren und Mama und Papa nach vielen Jahren mal wieder einen Film geschaut hatten, ohne ständig zurückspulen zu müssen, weil ein Kind hungrig war, keine Lust auf Schlafen hatte oder in einer Pfütze aufgewacht war.

In seiner Schulzeit hatte Max vor allem gelernt, sich durchzusetzen. Er war faul, schlau und unbesiegbar. Da er alles verargumentieren konnte, zog kein Vergehen je Konsequenzen nach sich. Max und seine Freunde legten Lehrerinnen Schokokuchen mit flüssigem Kern auf den Stuhl, schlossen sich mit Mädchen im Schrank ein und entjungferten sie, nie umgekehrt, zockten ganze Nächte lang, »verglichen« vor dem Unterricht die Hausaufgaben mit denen der Streber, die zum Dank einen Tag lang nicht gehänselt wurden, besiegten das Konkurrenz-Gymnasium bei Basketballspielen und warfen ihnen vor der Heimfahrt faule Eier auf den Schulhof.

Wir hätten einander gehasst.

Die wichtigen Partys wurden damals wie heute im Keller seiner Mutter gefeiert, weil hier niemand auf die Uhrzeit, die Anzahl der Bierkästen oder die genaue Zusammensetzung von Brownies achtete. Inzwischen ließ nur noch die durchgesessene Sofalandschaft, der die Hälfte von Max' altem Jahrgang regelmäßig einen Besuch abstattete, nachdem die andere Hälfte nach dem offiziellen Programm ins Bett gefallen war, auf die bewegte Vergangenheit schließen.

Einer von ihnen freute sich wie ein Kind, wenn er es ohne Brandverletzungen dritten Grades auf die andere Seite des Feuers schaffte.

Ich saß auf einem Baumstamm neben Max' ehemaliger Mitschülerin Vanessa, mit der er damals natürlich geschlafen hatte, wie mit fast allen Mädchen aus seiner Klasse. Ab und zu kam Max bei mir vorbei und gab mir einen Kuss, manchmal traf er den Mund.

»Der ist krass drauf«, sagte Vanessa.

»Wer ist das nicht«, antwortete ich.

Plötzlich stolperte Max und wäre fast in die Flammen gefallen, wenn Benjamin ihn nicht im richtigen Moment am T-Shirt festgehalten und zu sich gezogen hätte. Er legte ihn ins Gras, das Max' blendende Laune sofort verschluckte. Er starrte ausdruckslos in den Himmel. Benjamin warf mir einen kurzen Blick zu und machte eine Kopfbewegung Richtung Haus.

»Vielleicht ist er besonders krass drauf«, sagte ich zu Vanessa und stand auf.

»Hey, wir gehen jetzt hoch und legen dich kurz hin, ja?«, befahl ich Max so zärtlich wie möglich.

Benjamin, der ihn schon in der Schule vor dem Gröbsten beschützt hatte, schleppte Max in sein altes Zimmer unter dem Dach. Ich holte eine Flasche Wasser aus der Küche und folgte den beiden.

»Melde dich, wenn du was brauchst. Ich sorge mal dafür, dass sich das unten langsam auflöst«, sagte Benjamin und schloss die Tür. Eine Sekunde später klopfte es, und er steckte noch mal seinen Kopf herein. »Hey, hat mich wirklich gefreut, dich kennenzulernen, Lio. Max hat nicht übertrieben, so wie sonst immer.«

»Mich auch«, erwiderte ich und lächelte.

»Komm her, du Schöne«, rief Max vom Bett aus.

Er roch nach Feuer und spielte sich gedankenverloren in den Haaren herum.

»Wir ziehen dich erst mal aus.«

»Ich helfe dir«, bot er großzügig an.

»Und jetzt trinkst du das hier«, sagte ich und hielt ihm die geöffnete Wasserflasche hin.

»Alles?«

»Ja. Damit es dir morgen so gut geht wie jetzt.« Ich führte die Flasche zu seinem Mund.

Er hob protestierend die Hände.

»Moment, ich muss dir ganz dringend was sagen.« Max nahm mein Gesicht in seine Hände und sagte nach einer Pause, die er für bedeutungsvoll hielt: »Ich hätte nie gedacht, dass es jemanden wie dich gibt. Das ist *magic*. Lio, ich …« Er lächelte versonnen.

Ich ahnte, was jetzt kommen würde. Neben mir lagen achtzig Kilogramm Serotonin.

»Was denn?«

»Ich wünsche uns ein leichtes und buntes Leben!«

Ach so. Ich atmete auf.

»Gute Nacht, Sonnenschein«, flüsterte ich ihm ins Ohr.

Max quietschte, weil er dort kitzelig war, und trank die Flasche in einem Zug leer.

Am nächsten Morgen wachte ich auf, weil eine Frau am Bettende stand und uns amüsiert beobachtete. Ich fürchtete, dass es sich dabei um Max' Mutter handelte, und zog die Decke über meinen nackten Oberkörper.

»Du musst Lio sein!«, sagte sie freudestrahlend.

Max schlief tief und fest neben mir. Ich dachte kurz darüber nach, aus dem Fenster zu springen.

»Äh, hallo! Ja, Lio ist richtig.«

»Das war wohl ganz schön wild bei euch! Hast du Hunger?« Karin trug einen akkurat geschnittenen dunkelgrauen Pagenschnitt, einen geraden Pony und lilafarbenen Lippenstift. Sie strahlte von innen und außen.

Max klemmte sich ein Kissen über den Kopf und rief: »Ruhe!«

»Ich freu mich auch, dich nach so vielen Monaten wiederzusehen, mein Schatz«, sagte Karin und grinste.

»Ich mache mich fertig und komme dann runter, ja?«, sagte ich.

»Mein Rührei ist das allerbeste überhaupt! Das sagen alle.«

»Nicht schlecht.«

Ich warf einen kurzen Blick auf das verheißungsvoll geöffnete Fenster.

Als Karin aus der Tür verschwunden war, versuchte ich, Max zum Aufstehen zu bewegen. Er rührte sich nicht. »Du hattest also einen ganz schlimmen Kater, ja?«, hörte ich Kat in der Sendung sagen. »Den schlimmsten deines Lebens? Und danach nur zwölf Stunden Zeit, um auszuschlafen? Auf dir sind nicht schon morgens um sechs zwei wild gewordene Kinder rumgesprungen? Du Armer!«

Ich duschte kalt, puderte mein Gesicht ab und schlüpfte in ein schwarzes Wollkleid. Vom Badezimmerfenster aus konnte man in den Garten und auf die Berge blicken. Max war da aufgewachsen, wo andere Urlaub machten.

Karins Haus war vollgestellt mit Möbeln und Gerümpel, an den Wänden hingen gerahmte Fotos von Max und anderen strahlenden Menschen. Minimalistin war Karin nicht. Überall roch es nach Räucherstäbchen. Im Wohnzimmer waren im Türrahmen zur Terrasse kleine Striche mit Größenangaben eingeritzt, oben stand in Großbuchstaben »Max«.

Karin saß mit einer Zigarette am gedeckten Tisch und las Zeitung.

»Rauchst du?«, fragte sie und hielt mir die Schachtel hin. »Jetzt wäre ein guter Zeitpunkt, um damit anzufangen.«

Sie lachte.

»Tut mir leid, dass es draußen so chaotisch aussieht.«

»Ach, ich bin nichts anderes gewohnt. Mein einziger Plan war, mein Kind komplett anders zu erziehen, als meine Eltern das getan haben. Na ja. So was kommt von so was.« Sie lachte vergnügt. »Greif bitte zu!«

Ich hatte keinerlei Erfahrung im Umgang mit Müttern von Männern, mit denen ich schlief, und wusste nicht, worüber man mit ihnen am besten sprach, außer über das, was auf der Hand beziehungsweise im Bett lag.

»Ich glaube, du hast mit Max sehr viel sehr richtig gemacht«, sagte ich.

»Na ja, schlimmer geht immer.«

Ich lud mir den Teller mit Rührei, Tomatensalat und einer Brezel voll.

»Was hältst du von einem kleinen Spaziergang? Das tut deinem Stadthirn sicher gut!«

»Was ist denn ein Stadthirn?«, fragte ich.

»Da sind ein paar mehr Knoten drin als in Dorfhirnen, oder nicht?«

»Spaziergang klingt gut.«

Karin lieh mir eine Fleecejacke und ein Paar Wanderschuhe. Ihre Füße waren nur minimal größer als meine.

»Wir gehen wandern, Essen ist unten, bis später, Herz«, schrieb ich Max und merkte erst nach dem Abschicken, dass die Nachricht klang, als hätte seine Mutter sie geschrieben.

»Der ist eine Ansage«, sagte ich, als wir vor Karins grünem Jeep standen.

»Ich weiß, unvernünftig, teuer und eine unverzeihliche Klimasünde. Aber das sind die Freuden des Alters!«

Ich grinste und sagte nichts, weil ich noch nicht abschätzen konnte, ob sie sich über ein »Du siehst keinen Tag jünger aus als fünfunddreißig« freuen oder ob sie ein solches »Kompliment« für antifeministisch halten würde.

Wir fuhren los und hielten zehn Minuten später an einem Waldweg.

»Die Luft hier ist toll.«

»Das sagt Max auch jedes Mal und will nach ein paar Tagen wieder herziehen«, sagte Karin. »Aber keine Sorge, dafür hat er zu viele Hummeln im Hintern.«

Wir liefen an Roteichen, Stieleichen, Birken und Hängebirken, Ebereschen und Zitterpappeln vorbei. Karin zeigte mir die Lichtungen, auf denen sie regelmäßig Steinpilze, Maronen und Pfifferlinge fand.

»Max hat erzählt, dass du Biologin bist. Als ich genauer nachgefragt habe, war er still«, sagte sie.

»Wäre er wegen Bio nicht fast durchs Abi gerasselt?«, fragte ich.

»Nicht nur wegen Bio.« Karin schüttelte den Kopf. »Aber erzähl mal, was machst du genau?«

»Ich erforsche, wie man Pflanzen genetisch so verändert, dass sie mit Schwerelosigkeit und erhöhten CO_2-Gehalten klarkommen, wie es zum Beispiel im Universum der Fall ist.«

»Das ändert ja alles«, sagte Karin. »Wie funktioniert das konkret?«

»Ich arbeite mit einem Bodenbakterium, das einen Teil seiner DNA in Pflanzenzellen übertragen kann. Die Fähigkeit ist einzigartig, weil sie die Zellen dazu bringt, sich zu teilen und einen Tumor zu entwickeln. Im Labor ersetze ich die tumorbildenden Gene dann durch die Gene, die wir gerne hätten. Das klingt jetzt einfacher, als es ist.«

»Das klingt kein bisschen einfach«, sagte Karin.

»Sorry, ich wollte dich nicht volltexten«, sagte ich.

»Hast du nicht! Nächstes Mal will ich die ausführliche Version hören, bis dahin lese ich mich etwas ein. Einverstanden?«

Ich wusste nicht, was mich mehr überraschte. Dass Karin von einem nächsten Mal ausging, oder dass sie wirklich wissen wollte, womit ich meine Zeit verbrachte.

»Sehr gern«, sagte ich.

Nachdem wir um eine weitere Wegbiegung gelaufen waren, lag plötzlich der türkisfarbene See vor uns, von dem Max mir auf der Autofahrt vorgeschwärmt hatte.

»Schwimmen wir eine Runde?«, fragte Karin.

Das musste ein Witz sein.

»Bei vierzehn Grad?«

»Glaub mir, danach hat dein Körper dir die Party verziehen.«

Das hatte er längst, bei solchen Lappalien war er nicht nachtragend. Karin zog sich ihre Kleider aus und stand schließlich, neunzig Minuten, nachdem wir uns das erste Mal gesehen hatten, splitternackt vor mir. Max hatte damit immerhin bis zu unserem zweiten Date gewartet. Karin bedeutete mir, es ihr gleichzutun. Ich zögerte, aber nur kurz, weil ich einen Ruf zu verlieren hatte. Nackt watete ich hinter Karin in den See, der so klar war, dass man die Steine auf dem Grund sehen konnte. Das Wasser hatte die übliche Temperatur eines Bergsees Anfang Oktober, ungefähr minus fünfzig Grad. Ich schnappte nach Luft.

»Nimm dir Zeit«, sagte Karin.

Zeit machte zwar einiges besser, eiskaltes Wasser gehörte allerdings nicht dazu. Mit einem Sprung war sie im See und tauchte drei Meter weiter hinten wieder auf. Ich band meine Haare zu einem Dutt zusammen, hielt die Luft an und tauchte bis zum Kinn in das kalte Wasser. Das war schrecklich, aber auf eine so elektrisierende Art, dass ich vergaß, mich zu beschweren. Wie Sex. Als ich mich wieder aufrichtete und die Arme vor den Brüsten verschränkte, war Karin schon wieder an Land und trocknete sich ab. Ich blickte noch einmal auf die Berge, die irgendetwas mit mir machten, das ich nicht beschreiben konnte, und ging bibbernd auf Karin zu.

»War gut?«, fragte sie, obwohl mein Strahlen sicher alles sagte.

Ich griff dankend nach dem Handtuch, das Karin mitgebracht hatte. Sie holte eine Thermoskanne aus ihrem Rucksack und schenkte uns zwei Tassen Tee ein.

»Das hat was von Urlaub«, sagte ich.

»Für mich fühlt sich jedes Wochenende so an. Wobei das auch daran liegt, dass ich mich um keinen Mann kümmern muss.« Sie gluckste.

Ich konnte der Mutter meines Freundes schlecht darin zustimmen, dass Männer der Ursprung allen Übels waren.

»Hast du Geschwister?«, fragte Karin.

»Nein«, sagte ich. »Eigentlich schade.«

»Na ja, du scheinst es ganz gut weggesteckt zu haben. Bei Max wiederum wäre ich mir nicht so sicher … Kleiner Spaß.«

Karin tätschelte meine Schulter, eine Geste, die mich wie jede unangekündigte Berührung normalerweise störte. Heute machte sie mir nichts aus.

»Meine Mutter hat mich sehr früh und ungeplant bekommen. Ich glaube, die Erfahrung hat sie etwas abgeschreckt«, sagte ich und grinste betont arglos.

»Wie ist sie so? Deine Mutter?«, fragte Karin wirklich arglos.

»Sie lebt in einer anderen Welt. Und mir geht es besser, seit ich mir meine eigene gesucht habe.«

»Das kommt mir bekannt vor. Ich habe mich damals schneller aus dem Staub gemacht, als meine Eltern ihren Stock aus dem Allerwertesten ziehen konnten – und mich direkt von einem zehn Jahre älteren Künstler mit Autoritätsproblemen schwängern lassen. Sehr originell.«

»Max' Vater?«, fragte ich.

Karin nickte lächelnd.

»Aber komm, lass uns zum Auto gehen, sonst frieren wir hier noch fest.«

Wir zogen unsere Schuhe an und stiefelten wieder durch den Wald. Zurück in ihrem Jeep drehte Karin die Heizung auf Rot und schob ihren Sitz nach hinten. Darunter kam ein großer Haufen weißer Karten mit schwarzem Rand zum Vorschein. Max hatte mir erzählt, dass Karin Trauerrednerin war.

»Auf wie vielen Beerdigungen warst du schon?«, fragte ich.

»Nach der hundertsten habe ich aufgehört zu zählen.«

»Wie schafft man es, bei so einem Job abzuschalten? Ich kriege das nie hin, und bei mir sterben höchstens Pflanzen«, sagte ich.

»Ach, damit hatte ich nie ein Problem. Ich helfe Menschen dabei, ihren Frieden mit dem Tod zu finden und das Leben der Verstorbenen zu feiern. Danach bin ich weg und treffe neue Leute, die mir ihre Geschichten erzählen. Anders ist es bei besonders traurigen Fällen. Wenn jemand plötzlich aus dem Leben gerissen wird oder ich neben einem Kindersarg stehe und den Eltern erklären muss, dass der Tod Teil des Lebens ist.«

»Du bist wahrscheinlich sehr im Reinen mit allem«, sagte ich.

»Theoretisch ja. Aber wenn ich selbst um jemanden trauere, sieht das anders aus. Dann bin ich wieder ein kleines Mädchen und weiß nicht, wo oben und unten ist.« Sie schaute lange aus dem Fenster, als würde das öfter passieren, als ihr lieb war. »Es gibt keine Abkürzung durch die Trauer. Da müssen wir alle durch.«

»Jetzt weiß ich, warum Max so gut erzählen kann«, sagte ich.

»Nein, das Laber-Gen hat er von seinem Vater. Gott, dieser Mann. Willst du die Geschichte hören? Max wird sie dir sicher nicht erzählen.«

»Unbedingt!«

Karin schenkte uns Tee nach und trank einen großen Schluck.

»Max ist durch und durch im Rock'n'Roll entstanden. Ein Versehen. Als Heiko und ich das bemerkten, war er ein unbedingtes Wunschkind. Die ersten Monate waren magisch. Wir haben ihm stundenlang beim Schlafen zugeguckt und waren nie glücklicher! Da lag der lebende Beweis für unsere Liebe, die ewig halten würde. Das schaffte zwar kaum jemand, aber wir bestimmt.«

Ich musste an die Dutzende Fotos von Max auf meinem Handy denken, auf denen er schlief und die ich mir öfter anschaute, als ich zugeben würde.

»Dann platzte die Babyblase, und wir, nein, ich merkte, dass es so nicht funktionierte. Zum Beispiel sollten beide Eltern in der Lage sein, für ein Mindestmaß an Sauberkeit zu sorgen, Windeln zu wechseln und Geld ranzuschaffen. Da kneifen dann selbst die Hippies! Wir haben uns nur noch gestritten, und ich wusste irgendwann, dass es ohne Mann einfacher sein würde. Als Mutter habe ich Dinge hingekriegt, die ich allein nie gemacht hätte. Die Liebe meines Lebens vor die Tür zu setzen, zum Beispiel.«

»Das muss schlimm gewesen sein.«

»Ja, aber irgendwie haben wir beide das überstanden. Vermutlich nur wegen *Harvest Moon* von Neil Young. Das war Heikos und mein Lied. Max hat immer aufgehört zu schreien, wenn ich dazu mit ihm durchs Wohnzimmer getanzt bin.«

»Das klingt nach Liebeskummer-Schocktherapie.«

»Absolut. Irgendwann war der Drops gelutscht. Wobei, nein. Ist er nie, wenn man ein Kind zusammen hat.«

»Wie hast du das finanziell gemacht? Darf ich das fragen?«

»Na klar, darüber sprechen wir alle viel zu selten. Ich habe meinen Stolz überwunden und meine Eltern um Geld gebeten. Max war mit einem Jahr in der Krippe, ich habe eine Ausbildung zur Altenpflegerin angefangen und ihnen das Geld danach in kleinen Raten zurückgezahlt. Rückblickend frage ich mich, wie wir diese Zeit einigermaßen unbeschadet überstanden haben.«

»Hast du noch Kontakt zu Heiko?«

»Mit den Jahren wurde es weniger. Du solltest ihn mal kennenlernen! Niemand kann ihm böse sein, egal, was er anstellt. Wenn man versteht, dass man Menschen nicht ändern kann, und aufhört, das von ihnen zu erwarten, wird vieles leichter. Ich weiß, bei den eigenen Eltern ist das schwer. Meine Hoffnung ist, dass Max irgendwann aufwacht und seinen gekränkten Stolz runterschluckt. Die beiden haben nämlich viel mehr gemeinsam, als er denkt.«

9

Meine Mutter hatte immer viel Wert auf ihren Ruf im Dorf gelegt. Ihre Tochter trug saubere Kleider und geputzte Schuhe. Ihr Mann arbeitete seit seinem sechzehnten Lebensjahr in einem Stahlwerk, dem einzigen Betrieb in der Gegend mit mehr als zwanzig Mitarbeitenden. Sie übernahm die Buchhaltung für kleine Läden im Dorf, die irgendwann schließen würden, weil die Leute für ihren großen Einkauf mit ihren großen Autos in große Orte fuhren. Im Winter kehrte sie den Schnee vom Bürgersteig, im Sommer beschwerte sie sich über die Familien mit kleinen Kindern, die wochenlang auf dem Campingplatz am Fluss Ferien machten, aber kaum Geld in Restaurants und Eisdielen ließen.

Jedes Jahr im Herbst lagen überall im Dorf verfaulte Trauben auf der Straße, weil in den Hängen hinter den Häusern kilometerweise Wein angebaut wurde: Riesling, Weißburgunder, Dornfelder. Es gab beinahe so viel Wein wie Katholik:innen, die primär nicht Gott oder dem Pfarrer, sondern ihren Nachbar:innen gefallen wollten.

Vor dem Haus, in dessen Dachgeschoss wir zur Miete lebten, standen drei saisonal bepflanzte Blumenkübel. An der Hauswand schlängelten sich Efeu und Weinranken empor. Aus manchen Fenstern konnte man auf den Fluss blicken, der zu jeder Jahreszeit braun wie Linsensuppe war. Manchmal bewegte sich ein Flusskreuzfahrtschiff in Zeitlupe von rechts nach links. Zwischen Fluss und Haus lagen eine große Straße, ein kleiner Rasen und mehrere Gemüsebeete, in denen meine Mutter Salat, Zucchini, Radieschen, Tomaten, Rhabarber, Weinbergpfirsiche, Johannisbeeren und Äpfel anbaute. Eine gute Ernte bedeutete, dass sie wenig Geld für Essen ausgeben musste, und spiegelte sich in ihrer Laune wider.

Mit achtzehn hatte sie ihre Ausbildung als Krankenschwester beendet. Keine zwei Monate später war sie schwanger mit mir. Sie hängte ihren Job an den Nagel, was sie nicht davon abhielt, sich ein Leben lang als Expertin in medizinischen Belangen zu inszenieren, und brachte meinen Vater dazu, sie zu heiraten. Zuerst war ich meiner Mutter der Dorn im Auge, der ihre Zweisamkeit zerstörte, dann der Dorn, der ihre Nippel wund biss, anstatt daran zu saugen, und dann der Dorn, der ihr das Geld aus der Tasche zog.

Entgegen jedem katholischen Ideal war meine Mutter das Haupt der Familie. Außer ihrer Frisur, die bei feuchtem Wetter in sich zusammenfiel, war alles an ihr hart. Auf ihren Hüften befand sich kein Gramm Fett. Sie hatte hohe, spitze Wangenknochen und sprühte sich jeden Morgen einen Spritzer Parfum auf den Hals. Ich wusste nicht, ob sie das aus Gewohnheit tat oder weil sie den Duft mochte. Ich wusste nicht, ob meine Mutter überhaupt irgendetwas oder irgendjemanden mochte.

Wenn ich nach der Schule nach Hause kam und klingelte, bekam ich für einen Moment die Version meiner Mutter zu hören, die eigentlich für andere bestimmt war: eine höfliche.

Sie sprach freundlich in die Gegensprechanlage: »Ja bitte?«, woraufhin ich sagte: »Lio.«

Ich hörte sie schwer atmen und auf die Taste mit dem Schlüssel drücken. Geräuschlos betrat ich das Haus. Bei meinen Freundinnen roch es nach Lavendel, Streuselkuchen oder billigen Duftkerzen. Bei uns roch es nach Essigreiniger. Jetzt entschied sich, ob heute einer dieser Tage war, an denen meine Mutter schon mittags nicht mehr wusste, wohin mit ihrer Wut. Wenn es still war, blieb ich verschont. Jahrelang kam sie mir jedoch fast täglich auf der Treppe entgegen und zerrte mich am Ärmel zum Speicher hoch. Sie trug eine ausgeblichene Küchenschürze, an der sie ihre Hände abstrich, die eben noch Zwiebeln geschnitten oder in der Suppe gerührt hatten, und machte sich bereit. Manchmal zog ich meine Hose für sie herunter, um ihr die Arbeit zu erleichtern. Dann griff meine Mutter nach ihrem Kochlöffel und klatschte ihn auf meinen nackten Hintern. Ihre Schläge waren gewissenhaft und gleichmäßig. Oft bohrte ich meine Fingernägel in die Handinnenflächen und zwang mich dazu, ganz im Moment zu leben. Ich wollte jede Sekunde nutzen, um die vorherige zu vergessen. Wenn ich das schaffte, hätte ich alles vergessen, wenn ich eines Tages ausziehen würde.

In meiner Erinnerung dauerte jede ihrer Fitnesseinheiten Stunden, wahrscheinlich waren es nie mehr als zwei Minuten.

Wenn mein Vater nach seiner Schicht nach Hause kam,

öffnete er die erste Rotweinflasche des Abends, setzte sich in seinen alten Ledersessel und starrte auf den Fluss, beim Essen folgte die zweite Flasche, zu den Nachrichten um zwanzig Uhr die dritte. Je nach Tagesform schlief er irgendwann auf dem Sessel ein oder schaffte es, sich ins Ehebett zu schleppen. Wegen der alten Holzdielen konnte sich in unserer Wohnung niemand geräuschlos fortbewegen, was gut war, weil ich durch Schritte gewarnt wurde, und schlecht, weil durch Schritte enttarnt wurde, wer nach der Schlafenszeit noch auf die Toilette musste.

Um meine Mutter nicht zu verärgern, gewöhnte ich mir an, abends in meinem Zimmer zu pinkeln. Ich zog die Schlafanzughose herunter, setzte mich auf die kalten Ränder des Papierkorbs und pinkelte los. Wenn es im Rest der Wohnung still war und ich fürchten musste, dass meine Mutter etwas hören konnte, brauchte ich länger. Wenn der Fernseher lief oder sie schon im Bett lag, war ich nach zehn Sekunden fertig. Morgens wusch ich den Mülleimer in der Dusche aus.

Jahrelang bemerkte meine Mutter nichts. Bis sie eines Samstagmorgens ins Badezimmer trat und mich unschuldig-interessiert fragte, was denn passiert sei.

»Ich habe mich heute Nacht nicht getraut, aufs Klo zu gehen«, sagte ich.

Sie grinste spöttisch und drehte sich wieder um.

Ich schämte mich nicht für das, was ich getan hatte, sondern weil ich gehofft hatte, sie würde Verständnis zeigen.

Sekunden später kam meine Mutter mit einem Kochlöffel in der Hand wieder. Eigentlich hatten wir am Wochenende Speicher-Ferien, weil mein Vater zu Hause war. Heute also nicht.

Stumm stieg ich im Schlafanzug hinter ihr die Treppe hoch. Erst als der Löffel in zwei Hälften gebrochen war, war sie fertig. Sie drückte mir die beiden Teile in die Hand und sagte:

»Häng dir das über dein Bett und lass dich heute nicht mehr blicken!«

Als wäre Letzteres eine Strafe.

10

»Wir sollten nicht beide schwarze Socken tragen«, sagte Max nachdrucksvoll und hob meine Bettdecke hoch, um zu schauen, ob ich seine Socken versteckt hatte.

»Was redest du?«, murmelte ich schlaftrunken.

»Wenn das mit uns was werden soll, brauchen wir unterschiedliche Socken. Sonst ist das Chaos perfekt.«

»Wenn das mit uns was werden soll, hältst du besser ganz schnell den Mund.«

Es war Samstag und sieben Uhr morgens.

»Mir ist aber langweilig!« Max richtete sich auf und sprang auf der Matratze hin und her. »Hey, ich habe übrigens eine neue Hose! Willst du sie sehen? Lust auf Modenschau?«

Draußen war es noch nicht mal hell. Ich seufzte sehr genervt und ein bisschen amüsiert. Wir waren vor vier Stunden leergetanzt aus einem Club getreten. Obwohl ich lieber und besser in meinem eigenen Bett schlief, ließ ich mich zuerst von Max überreden, mit zu ihm zu kommen, und dann von ihm ins Bett tragen.

»Wenn du vorher einen Kaffee servierst, klar.«

»Selbstverständlich.«

Max verschwand aus der Tür und rumorte in der Küche. Ich griff nach meinem Handy und scrollte durch einige neue Nachrichten.

»Wer schickt dir denn Fotos von Rosen?«

Plötzlich stand Max hinter mir.

Ich lachte, als ich sein irritiertes Gesicht sah.

»Mein Vater schickt mir manchmal Bilder von seinem Blumenbeet. Und ich sage dann: ›Wow, die sind ja noch schöner als letztes Jahr!‹«

»Süß. Und auch speziell. Sag viele Grüße!«

Er streckte mir eine Kaffeetasse hin und stieg, inzwischen nur noch halb nackt, wieder aufs Bett.

»Macht die Hose einen schönen Hintern?«, fragte er und tänzelte vor mir herum.

»Den schönsten«, sagte ich. »Kannst du dich bitte noch mal hinlegen?«

»Wenn's sein muss!«

Max stöhnte gespielt, zog sich in Windeseile aus und warf die neue Hose Richtung Türrahmen. Unter der Decke fuhr er mit seinen eiskalten Füßen meine Beine hoch und kitzelte mich am Bauch.

»Max!«

»Ruhe bitte! Du kaust mir schon den ganzen Morgen das Ohr ab mit deiner guten Stimmung!«, sagte er ironisch.

Ich rückte näher an ihn heran, nahm sein glitzerverschmiertes Gesicht in meine Hände und biss ihm leicht in die Unterlippe.

»Oaaah.«

Ich legte mich auf Max.

Wenn wir miteinander schliefen, hoffte ich, dass alles von selbst passierte. Ich wollte bloß nicht hinschauen, mir auf keinen Fall die Hände schmutzig machen und danach nichts analysieren. Wenn ich oben war, hatte ich mehr Kontrolle. Leider fiel bei der Stellung besonders auf, was für eine Versagerin ich war.

Heute glitt Max' Penis nicht einfach rein, ich versuchte es zweimal, da passierte gar nichts, dreimal, was war so schwer daran, ihn in die Hand zu nehmen, viermal, Max tat entspannt, aber ich ja auch, das hatte nichts zu bedeuten, fünfmal, jetzt lachte ich nervös und rutschte auf und ab, sechsmal, ich kannte mich nicht aus mit Sex, siebenmal, aber das hier war eindeutig eine Katastrophe.

Dann drehte Max uns wie nebenbei um, alles normal, wir waren voll im Moment, das gehörte zum Vorspiel. Er nahm seinen Penis in die Hand, als wolle er sagen, schau mal, so geht das, schön ist er nicht, aber Ohren sind auch nicht schön, und selbst die fasst du ab und zu an, er rieb daran, warum war die Menschheit nicht längst ausgestorben, und versuchte, ihn in mich zu schieben. Ich versuchte, ihn zu lassen, zweimal, dreimal, alles normal.

»Das hat auch mal besser funktioniert«, sagte Max.

»Ja.«

»Lio?«

»Nein.«

»Hier ist gerade der Wurm drin, oder?«, fragte Max, weil wir diese Situation nicht zum ersten Mal hatten.

»Der Wurm ist eben nicht drin.«

»Vielen Dank für diesen niveauvollen Austausch.«

»Ist doch so«, sagte ich.

»Hast du Lust auf mich? So insgesamt?«

»Klar«, sagte ich schnell.

»Gut. Ich hatte schon Angst, dass du dich irgendwie zwingen musst.«

Das war völlig an den Haaren herbeigezogen.

»Ich kann mich nicht so leicht fallen lassen«, gab ich zu.

Das zu behaupten war so, als hätte ich mir gerade den Arm gebrochen und mich als Erstes über einen Pickel im Gesicht beschwert. Aber was hätte ich sagen sollen? Dass mein Körper noch nie so berührt worden war, wie Max ihn berührte? Dass sich das gleichzeitig schön und schlimm anfühlte? Dass guter Sex für mich hieß, dass er schnell vorbei war und ich nicht ausgelacht wurde? Dass ich unbedingt wollte und darauf bestand, dass Max kam, damit er zu abgelenkt war, um Fragen zu stellen? Dass sich die Panik und Scham in meinen Knochen nicht wegficken ließen? Manchmal war am Anfang alles okay, aber dann dachte ich an irgendetwas und fing wieder bei null an, beim Luftanhalten, beim Zittern und bei der unbedingten Entschlossenheit, mir nichts anmerken zu lassen.

»Das kenne ich«, sagte Max. »Ich bin auch oft nicht im Modus, zumindest im Vergleich zu anderen Männern, glaube ich. Aber ich versuche, das nicht zu bewerten. Generell nichts zu bewerten im Bett.«

»Erzähl weiter«, sagte ich.

»Sex ist Improtheater. Niemand weiß, was er oder sie eigentlich tut.«

»Du schon.«

»Das täuscht«, sagte Max. »Jeder Körper ist eine andere Welt. Deshalb bleibt das so aufregend, egal, wie jung oder alt man ist. Aber wenn du über deine Welt nicht sprichst oder mir nicht zeigst, wo es langgeht, kann ich nur raten.«

Max streichelte über meine Arme und meinen Rücken, dem plötzlich kalt war.

»Ich will guten Sex mit dir haben«, sagte ich.

»Weißt du, was dir gefällt? Oder was dir nicht gefällt? Jeder sagt eine Sache!«

»Ich mag es nicht, wenn du mir in die Nippel beißt. Ist nicht böse gemeint.«

»Alles gut. Ich mag's nicht, wenn du mir durch die Haare wuschelst.«

Max fuhr mir durch die Haare, wie ich es manchmal bei ihm tat.

»Igitt! Ich entschuldige mich in aller Form!«

»Ja! Das ist Körperverletzung.«

»Wenn du sagst, ›Mach dich mal locker‹, werde ich aggressiv«, fuhr ich fort.

»Ist auch voll der Arschloch-Satz. Jetzt sag ich, was ich mag. Wenn ich in dir bin und du deine Beckenbodenmuskeln anspannst, bin ich machtlos. Dann ist Schluss. Ciao Kakao! Bis Denver!«

»Habe ich das schon mal gemacht?«

»Oh ja.«

Vielleicht ging das mit dem Sex doch vollautomatisch und einmal Drücken reichte, wie bei einer Kaffeemaschine.

»Ich gucke dich gerne dabei an«, sagte ich, weil mir sonst nichts einfiel.

»Stimmt. Das ist das Schönste. Wenn dein Pokerface ausnahmsweise aufbricht und da ein Funke Entspannung oder gar …«, er senkte seine Stimme, »Erregung zu sehen ist.«

In der Zeit danach schliefen wir nur miteinander, wenn ich es initiierte, also selten. Max war aus Prinzip passiv, damit ich mir Mühe geben musste, seinen Körper zu entdecken, und wo ich schon dabei war, meinen gleich mit. Ich versuchte, seinen Penis in den Mund zu nehmen, ohne zu würgen, das klappte nicht, ich küsste ihn von oben bis unten und fand das sinnlicher als alles andere, er knabberte an meinem Hals, das fand ich gut, und an meinen Zehen, das nicht, ich nahm seinen Penis in die Hand, während er mich fingerte, das war ungewohnt, aber okay, er wollte tauschen, ich nicht, als würde ich mir jemals selbst einen runterholen, träum weiter, ciao Kakao, bis Denver, er zeigte mir die eine Stelle zwischen Hoden und Anus und wie ich sie am besten massieren könnte, er leckte mich, was sich am Anfang unspektakulär und dann sehr spektakulär anfühlte. Vielleicht konnten manche Erinnerungen gelöscht und neu eingespielt werden – und vielleicht würde Max mich immer halten, als hätte er nichts Besseres zu tun.

Aber dann kam immer wieder ein schwarzer Schleier aus dem Nichts, der mein Gesicht verschluckte, jedenfalls dachte ich das. Wenn wir ein paar gute Tage oder Wochen hatten und Max sich plötzlich nicht nach Sex fühlte oder ich mal wieder schleunigst das Land, mindestens aber das Bett verlassen wollte, blieb er entspannt. Ich wünschte, er würde einen Wutanfall bekommen, wenn mein Körper nicht tat, was wir von ihm wollten, und nicht, dass er es nicht schlimm und ein bisschen egal fand, wenn wir nur nackt rum- und nicht aufeinanderlagen. Max wusste, dass manche Probleme nicht auf Knopfdruck weggingen und dann nie wiederkamen, Stichwort Kaffeemaschine, er wusste, dass ein Hoch jederzeit von einem Tief abgelöst werden konnte, gerade wenn man sich längst über den Berg wähnte, Stichwort Depression, er wusste, dass Sex rein anatomisch das lächerlichste Cardiotraining von allen war, Stichwort Penetration. Ich beobachtete Max' Fähigkeit, über sich selbst zu lachen, und seine Verletzlichkeit, die er offensiv vor sich hertrug, und versuchte, es ihm gleichzutun.

Mit großem Hallo spürte ich zum ersten Mal, dass mein Körper längst wusste, was ihm gefiel. Dass ich gern auf Max rumsaß und das Gefühl genoss, dass dieser Typ wirklich in mich reinpasste. Dass Knutschen die halbe Miete war und mein Hintern sich über Komplimente freute. Dass es nicht mein »Fehler« war, wenn irgendetwas »nicht klappte«, und dass diese Wörter nicht ins Bett gehörten. Dass man dort ansonsten unbedingt reden durfte und die schönsten Nächte oft die waren, in denen Max und ich so abgelenkt von unseren Gesprächen waren, dass wir den Sex ganz vergaßen.

Meinen ersten Orgasmus hatte ich mit dem Schallwellenvibrator, den Max auf eine nicht sonderlich subtile Empfehlung von Mariam hin für mich bestellt hatte. Er verband mir die Augen und führte ihn auf meiner Klitoris entlang. Es dauerte drei von zehn Intensitätsstufen, da war ich sicher, gleich aus meiner Haut zu fahren. Ich kannte dieses Gefühl nicht, es schob alles andere weg, vor allem den schwarzen Schleier. Max machte weiter, und ich stöhnte, und wenn ich nicht stöhnte, schrie ich, mein Mittelfinger an die Welt, mein Improtheater auf der großen Bühne, mein Trotzdem.

11

Ich trat an unseren Küchentisch, den man vor lauter Wasserfarbbildern und Aufsätzen kaum noch sah. Ganz oben lag die halb fertige Skizze eines Dackels, der mit Schwimmweste in einer Dusche stand.

Mariam sagte jeden Freitag, sie würde »morgen alles in einem Schwung wegarbeiten«. Aber sie arbeitete nie alles in einem Schwung weg. Ihre Korrekturen nahmen mehr Zeit in Anspruch, als ihre Schüler:innen zur Anfertigung dieser Werke gebraucht hatten. Die Kinder sollten ihre Noten schließlich nicht nur zur Kenntnis nehmen, sondern etwas lernen und motiviert werden. Außerdem musste sie sich auf die Eltern vorbereiten, die, dafür, dass sie im Job *immens eingespannt* waren, sehr viele als Gespräche vermarktete Verhöre einberiefen, in denen Mariam rechtfertigen sollte, warum der kleine Franz nur eine 2+ bekommen hatte und es für eine 1 nicht gereicht hatte. Weil sie noch im Referendariat war, behandelten sie Mariam wie eine Nanny – als wäre es nicht ihr größtes Glück, eine Lehrerin zu haben, die noch daran glaubte, dass Kinder die Welt verbessern konnten, und die bei der Lieblingsbeschäftigung des älteren Kollegiums, den Bundeszynismusspielen, nicht mitmachte. Ich wartete auf den Tag, an dem das erste neureiche und schon wohlstandsverwahrloste FDP-Elternteil ihr einen 50-Euro-Schein für eine »angemessene« Zeugnisnote zuschieben würde. *Ist doch nur Kunst, Frau Khalil, drücken Sie ein Auge zu.*

Zwischen zwei Bildern, die Sushi und einen Clown zeigten, zog ich Mariams und meinen Notizblock heraus, auf dem wir alle möglichen Infos für die andere hinterließen, früher hauptsächlich fehlende Putzmittel, Rohrreiniger, Entkalker, Toilettentabs, heute meist dumme Sprüche und Liebesbekundungen.

»Bald müssen wir Freundinnen-Zeit im Kalender blocken, obwohl wir zusammenwohnen! Wie so ein Langzeitpaar vor der Trennung!«, hatte Mariam zuletzt geschrieben, weil wir einander inzwischen oft verpassten.

»Bros before hoes für immer«, hatte ich in Großbuchstaben daruntergekritzelt und die ganze Seite mit Herzen vollgemalt.

Gerade hatte Mariam besonders viel Stress, weil sie sich auch noch auf ihre eigenen Prüfungen vorbereiten musste. Sie lernte, plante und korrigierte am Frühstückstisch, in der Bahn und während Konferenzen.

»Halte durch!«, schrieb ich auf den Block und platzierte ihn ganz oben auf dem riesigen Papierstapel.

Ich wusste nicht mehr, was ich hier eigentlich wollte, da ertönte unten auf der Straße die Hupe von Max' Cabrio.

»Nach Diktat verreist«, kritzelte ich dazu. »Pärchenabend am Sonntag?«

In meinem Zimmer warf ich das Wichtigste für Max' und meinen spontan einberufenen Kurztrip in eine Tasche. Wehmütig blickte ich auf mein Bett. Unsere Arbeitsrhythmen konnten unterschiedlicher nicht sein: Er konzentrierte sich für ein paar Stunden in der Woche. Minimaler Einsatz, maximales Ergebnis. Nur wenn sein Chef einen schlechten Tag hatte, konnte es sein, dass er Max ausgerechnet dann mit einem Air-check überraschte, wenn Max eine Interviewpartnerin in einer Livesendung geduzt anstatt gesiezt, irgendetwas falsch abgelesen oder, Todsünde, im Schlagabtausch mit Kat über *den* Sommerhit drübergesprochen hatte. Aber meistens hatte er Glück.

Ich hingegen schob von morgens bis abends hochkonzentriert Flüssigkeiten hin und her und hoffte, dass meine DNAs so reagieren würden, wie ich es versucht hatte vorauszusehen. Wenn die Pflanze andere Pläne hatte, waren schnell mehrere Monate Arbeit für die Tonne. Während Druck Max elektrisierte, machte er mich nur müde.

Gähnend lief ich die Treppe hinunter und stieg ins Auto. Wir fuhren eine halbe Stunde aus der Stadt hinaus und bogen dann auf einen Feldweg ab. Am Ende des Weges stand ein altes Haus, für das sich offenbar länger niemand mehr interessiert hatte. Max fuhr langsam daran vorbei, bis wir vor seinem Lieblingssee standen, der im Sommer paradiesisch und jetzt im Frühling etwas trostlos aussah.

»Wir sind da!« Max strahlte mich erwartungsvoll an, stieg aus und öffnete mir die Tür. »Den Tipp habe ich von einem Kollegen. Keine Ahnung, ob das Haus jemandem gehört. Wir haben sogar einen privaten Seezugang.«

Er zeigte auf einen kaputten Steg, der aussah wie das Tor zur Hölle.

»Hast du auch eingeplant, dass wir irgendwo schlafen müssen?«, fragte ich.

»Mein Zelt ist im Kofferraum.«

»Echt jetzt?«

Sein Wurfzelt war recht klein, dafür aber auch sehr kompliziert wieder zusammenzubauen.

»Lass dich mal auf ein Abenteuer ein.«

»Hätten wir das mit dem Abenteuer nicht morgen machen können?«, fragte ich.

»Ha, du hast Schiss! Ich schwöre, hier ist niemand.«

Max öffnete den Kofferraum und packte zwei Einkaufstüten voller Essen aus, das nur noch »kurz gegrillt« werden musste. Pünktlich zur Dämmerung brannte das Feuer am Seeufer hinter dem Haus. Mangels richtiger Ausrüstung spießten wir das Gemüse und den Halloumi auf dünne Holzstäbe und hielten sie über die Flammen. Die eine Hälfte verbrannte, die andere landete im Gras, weil Max mich unbedingt füttern wollte und ich nicht stillsitzen konnte. Zum Dessert reichte er mir mit den Worten »Hab gekocht« unreife Bananen mit Schokoriegeln und wollte, dass ich ihn so witzig fand wie er sich selbst.

Nach dem Essen ging Max zum Steg und prüfte mit seinem Zeigefinger die Wassertemperatur. Er verzog das Gesicht.

»Genau richtig für dich! Sommer ist Einstellungssache!«

Er rannte auf mich zu und hob mich unter großem Ächzen hoch.

»Wenn du das machst, zeig ich dich an«, sagte ich, als wir uns hoppelnd dem Wasser näherten.

Max lachte und ließ sich und mich ins Gras fallen. An seine Schulter gelehnt, nickte ich immer wieder ein und bejahte, wenn er fragte, ob ich ihm eigentlich zuhörte.

Als wir später in unseren Schlafsäcken im Zelt lagen, Max hatte sogar echte Kissen eingepackt, drehte er sich zu mir um.

»Lio?«

Ich grummelte.

»Bist du glücklich mit uns?«

»Bis heute Nachmittag war ich das.«

»Gut.« Er rollte sich zurück auf seine Seite und atmete ein paarmal beschwerlich ein und aus. Dann raschelte der Schlafsack wieder. »Kann ich dich noch was fragen?«

»Ja.«

»Wollen wir zusammenziehen?«

Diese Frage hatte dieselbe Wirkung wie drei Espressi. Zum Glück konnte Max mein Gesicht nicht sehen, aus dem gerade alles fiel.

»Dann streiten wir uns wegen Mülltüten. Oder wer den Kaffee leer gemacht hat. Oder wer seine Haare nie aus dem Abfluss fischt«, zählte ich irgendwelche Klischees auf, in der Hoffnung, dass sie ihn überzeugten.

»Oder es wird ganz anders, weil wir ganz anders sind«, sagte Max.

»Ich überlege es mir.«

Seit sechs Jahren war Mariam mein Zuhause. Wir hatten nie darüber gesprochen, ob es irgendwann nicht mehr so sein würde. Wäre sie erleichtert oder traurig, wenn ich auszöge? Ich wusste, was ich sein würde: nur traurig.

»Das war nicht die Reaktion, die ich mir erhofft hatte.« Max drehte sich wieder weg von mir.

Stunden später wachten wir von strömendem Regen auf. Am Fußende unserer Luftmatratze hatte sich eine Pfütze gebildet. Unsere Arme waren übersät mit Insektenstichen. Wir schauten einander wortlos an, rollten die Schlafsäcke zusammen und stapften durch das nasse Gras zum Auto.

»Wollen wir das Zelt nicht einfach stehen lassen?«, fragte ich.

»Du bist blöd.«

Max ging zurück zum Zelt, schüttelte es einmal durch und band es notdürftig zusammen. Als wir bibbernd im Auto saßen, drehte er den Zündschlüssel um und die Heizung auf, aber nichts passierte. Offenbar war der Sprit leer, und wir befanden uns leider nicht in Tankstellennähe, sondern mitten in der Nacht auf einem Grundstück, das uns nicht gehörte.

»Wie ist das denn passiert?«, fragte ich.

»Das war die beschissenste Idee aller Zeiten.«

»Nein«, sagte ich halbherzig.

Max tippte auf seinem Handy herum, telefonierte mit dem ADAC und verschränkte dann trotzig die Arme vor der Brust.

»Ja«, sagte ich in die Stille hinein.

»Was?«

Er sah mich genervt an.

»Ich will mit dir zusammenwohnen.«

»Wirklich?«

Ich nickte.

Max' Gesicht hellte sich auf.

»Beste Idee aller Zeiten.«

Den Rest des Wochenendes verbrachte ich ohne Max zwischen Bett, Sofa und Badewanne. Ich trug die ganze Zeit Stricksocken, einen frisch gewaschenen Schlafanzug und zur Sicherheit noch einen Bademantel, denn von Frühling konnte wirklich keine Rede sein.

Am Sonntagvormittag stieß Mariam mit Croissants und einem Stapel Klassenarbeiten dazu. Wir bauten ein riesiges Frühstücksbuffet im Wohnzimmer auf, mit Rührei, Aufstrichen und Obstsalat, von dem wir den ganzen Tag über aßen.

»Glaubst du, Männer altern nach ihrem sechzehnten Lebensjahr nur körperlich?«, fragte Mariam, nachdem ich ihr von unserem Ausflug erzählt hatte.

»Max will mit mir zusammenziehen.«

Mariam verzog keine Miene.

»Du wusstest das?«, fragte ich.

»Er hat mich um meine Meinung gebeten.«

»Und was war die?«

»Dass wir erwachsen sind und er dich fragen soll.«

»Du hättest es ihm verbieten sollen.«

»Lio, du kannst bei solchen Sachen Nein sagen, ohne Schiss zu haben, dass er sich von dir trennt. Das ist wichtig. Außerdem ist es sexy, die eigenen Grenzen zu kennen und zu verteidigen.«

»Jaha. Versprichst du mir, dass sich nichts ändern wird?«

»Es ist doch schon alles anders. Hätte ich dich bloß nie in seine Badewanne gescheucht.«

»Scheiße«, sagte ich.

»Ja. Kannst du jetzt bitte den Ton wieder anmachen?« Mariam zeigte auf den Fernseher, wo zum zehnten Mal

Thelma und Louise lief. »Ich mache jetzt einen auf Lio und bin *total erschöpft* von diesem *Emo-Gelaber.*«

Ich streckte ihr die Zunge raus und schenkte uns Tee nach.

Egal, was Mariam sagte oder tat, bei ihr fühlte ich mich immer wie früher in der Disco, wenn ein Lied gespielt wurde, das ich kannte.

12

Unsere neue Wohnung sah so ähnlich aus wie Max' alte, nur dass im Wohnzimmer meine Bio-Bücher auf dem Boden herumlagen, weil die nicht in seine Goethe-Regale gepasst hatten. Statt sofort einen größeren Kleiderschrank und einen neuen Küchentisch zu kaufen, wollte Max auf Designerstücke sparen, die so »durchdacht« gar nicht sein konnten, dass sie vierstellige Beträge wert waren. Mein einziges Möbelstück war ein altes Sofa, das ich innig liebte und von dem Mariam unbedingt wollte, dass ich es mitnahm. Max, der sich erst kürzlich eine helle Leinencouch gekauft hatte, fand Vintage-Möbel auserzählt und verbannte die Samtcouch in die Küche. Es war nur eine Frage der Zeit, bis sie so durchgesessen sein würde, dass er sie dringend zum Sperrmüll bringen musste. Für seine Couch stellte Max ein Ess- und Trinkverbot auf.

Weil er glaubte, es bringe Unglück, wenn wir in seinem alten Bett schliefen, verbrachten wir die ersten Nächte auf einer neuen Matratze auf dem Fußboden. Die war so riesig, ein bisschen Luxus musste schließlich sein, dass sie in kein Standardgestell passen würde. Ich wünschte mir ein zimmerfüllendes Podest-Bett, auf das man über eine kleine Treppe klettern musste.

»Klar, das baue ich dir im Schlaf. Mein Vater macht seine Möbel auch selbst«, sagte Max weltmännisch, als ich ihm davon erzählte.

Mir war neu, dass sich handwerkliches Geschick genetisch weitergeben ließ, aber er würde schon wissen, was er tat. Ich durfte drei Tage lang nicht ins Schlafzimmer, weil dort gesägt, gehämmert und lackiert wurde. Max war mit jedem Tag begeisterter von seinen Fortschritten und konnte es nicht erwarten, mir sein Werk zu präsentieren. Als es nach drei Nächten auf dem Sofa so weit war, traute ich meinen Augen nicht. Er hatte das Bett komplett aus Paletten gebaut, und zwar so hoch, dass die Hälfte des Fensters verdeckt war. Alles war nur notdürftig zusammengenagelt und -geschraubt. Für manche Löcher hatte er mehrere Versuche gebraucht. Hauptsache, es hielt. Für einen Teilzeit-Design-Papst wie Max war das Resultat grotesk.

Sein Blick verdüsterte sich, als sich das, was er für eine Begeisterungsohnmacht meinerseits gehalten hatte, als Schockstarre entpuppte.

»Ist das dein Ernst? Ich habe dir ein Bett gebaut, und jetzt kommst du mit Ästhetik?«

»Womit denn sonst? Und wie soll man hier hochkommen?«, fragte ich, selbst ungläubig, dass er dieses Bett ernst meinte. Das hätten Mariams Sechstklässler:innen besser hinbekommen.

»Weißt du, was, dann mach es doch selbst!«

So sauer hatte ich Max noch nie gesehen.

»Wollte ich, aber der Künstler durfte ja nicht gestört werden!«

»Ich habe drei Tage daran gearbeitet!«

»Nie im Leben schlafe ich auf diesem Klotz!«

Ich knallte die Schlafzimmertür zu und ließ Max allein. Nach zwei Stunden, in denen ich schmollend in der Küche und er fluchend auf seinen Paletten saß, stapfte ich zurück und fragte, ob wir das Bett wenigstens weiß streichen könnten.

»Leck mich, Lio! Ich habe mir was dabei gedacht, ob du's glaubst oder nicht.«

»Warum triffst du alle Entscheidungen allein und verhältst dich, als sei ich zu Besuch? Gerade gut genug, um deinen phänomenalen Geschmack zu loben?«

»Das fängt ja toll an«, sagte Max leise.

»Das fängt beschissen an! Wir hätten vorher darüber sprechen sollen, ob unser Möbelgeschmack«, ich zeigte auf sein Bett, »kompatibel ist.«

»Sag's ruhig: Du willst gar nicht bei mir wohnen.«

»Bei dir. Ist klar.«

»Geht das jetzt die nächsten Jahre so? Dass du Gründe suchst, weshalb das die falsche Entscheidung war?«

»Die Gründe stehen schon vor mir. Wie auserzählt sind bitte Paletten?«, äffte ich ihn nach.

Zwei Tage lang redeten wir kaum miteinander. Immer, wenn Max sich beruhigt hatte, war ich wieder sauer. Das Bett war schließlich ein nicht zu übersehendes Symbol dafür, wie ernst er mich nahm, nämlich gar nicht, das nicht etwa bleiben würde, weil es so schön war, sondern weil Max sich große Mühe gegeben hatte. Immer, wenn ich mich versöhnen wollte, fiel ihm wieder ein, dass die Frau, mit der er eine Zukunft plante, ihn und sein aufopferungsvoll angefertigtes Meisterstück böse beschimpft hatte. Als ich drei Tage später von der Arbeit nach Hause kam, stand Max mit Farbe verschmiert im Bad und wusch Farbrollen und Pinsel aus. Er hatte die Paletten weiß lackiert, was es nicht unbedingt besser machte, aber das behielt ich für mich.

Weil Beziehungen auch Kompromisse bedeuteten und seine alte Wohnung längst vom nächsten, temporär bindungsscheuen Junggesellen bezogen worden war, hängte Max Regalbretter an die Wohnzimmerwand und stellte alle unsere Bücher darauf. Zum Glück sortierte er sie nicht nach Farben. Auf seiner Couch durfte jetzt gegessen werden, *aber bitte aufpassen und kein Rotwein.* Obwohl Max Mariams Bilder von überfressenen Dackeln für »sehr plakativ und auf die Zwölf« hielt, als wäre das etwas Schlechtes, hängte ich eins in unser Wohnzimmer. Der Hund hatte Austern, einen Berg Kaviar und drei intakte Sektgläser im Bauch und grinste breit. Wir bauten einen Kleiderschrank auf, der so ähnlich in vielen Schlafzimmern stand, aber ganz praktisch war, geradezu durchdacht. Podcasts hörend, strichen wir zwei Wände dunkelgrün, nachdem Max auf die Zwölf erigierte Penisse und plakativ aneinandergereihte Buchstaben (»Lio ist doof«) auf die Tapete gepinselt hatte. Ich entschuldigte mich bei ihm für die Schimpfwörter. Er gab zu, dass er sich noch nicht an den Gedanken gewöhnt hatte, mit mir zusammenzuleben.

»Schöne Unterwäsche«, sagte Max, als wir uns zur endgültigen Beilegung des Disputs in die Badewanne setzten.

»Schöne Bibliothek. Bist du eigentlich Psychologe?«

Max lachte.

Nackt und mit Schaum bedeckt gefiel mir mein neuer Mitbewohner zum ersten Mal.

Zwei Jahre später

13

Wenn Max depressiv war, lag er tagsüber im Bett und ging abends feiern. Nach seinen Schichten beim Radio legte er sich trotzig hin, so als würde die Depression die Zeit tracken, die er im Bett verbrachte, und nach einer bestimmten Anzahl von Stunden entscheiden, dass sie ihn wieder verlassen würde, jedenfalls für diese Woche, für diesen Monat, und mit viel Glück für dieses Jahr. Weil seine Stimmungsschwankungen, wie Max diese Krankheit vor Bekannten bezeichnete, meist im Winter auftauchten, sah er manchmal wochenlang kaum Tageslicht.

Egal, wie es ihm ging, ob er müde, verkatert, traurig oder alles auf einmal war, seine Radiostimme blieb gleich. Ich hörte keinen Unterschied zwischen guten und schlechten Tagen, was entweder hieß, dass ich Max schlecht kannte oder dass er gut schauspielerte. Der Mann, dem morgens die ganze Stadt zuhören konnte und der abends seine Freund:innen traf, war gut gelaunt, charmant und ironisch. Der Mann, mit dem ich zusammenlebte, war nicht in der Lage, seine Teller abzuwaschen oder staubzusaugen. Nur zu Hause und bei mir ging es ihm schlecht, für alle anderen blieb Max ein Magnet, der Strahlkraft für zehn hatte. Anstatt regelmäßig zu seinem Therapeuten zu gehen, behandelte er sich selbst mit Bier und Wodka. Die Illusion, dass Alkohol ihn heilte, hielt jedoch nur wenige Stunden. War diese kurze Zeit so kostbar, dass sie den bleiernen Rest rechtfertigte?

In unserem Stimmungsschwankungskalender stand der Februar ganz unten. Für mich sank er in diesem Jahr noch tiefer, als Max das Bedürfnis verspürte, seine Ex-Freundin Sara zu treffen. Die mit dem Duschvorhang, der mit viel gutem Willen nach Kanada aussah, aber eigentlich nur das Voralpenland zeigte.

Sara hatte Max damals mit dem Sänger einer über die Stadtgrenzen hinaus unbekannten Indie-Band betrogen und war kurz nach ihrer Trennung von ihm schwanger geworden. Max kannte den Typen, weil er in unregelmäßigen Abständen in seiner Sendung saß, um eine mittelmäßige Platte zu promoten. Mit dem neuen Freund seiner Ex-Freundin euphorisch über dessen Befindlichkeiten als feministischer Vater einer Tochter sprechen und sein billiges Geschrammel auf die Hot Rotation nehmen zu müssen war natürlich eine Zumutung. Das hatte niemand verdient.

Max und Sara hatten sich also in der bisher schwierigsten Phase unserer Beziehung zu einem Treffen verabredet, und ich hatte damit natürlich kein Problem.

»Viel Spaß«, rief ich Max hinterher, als er loszog, so, wie Erwachsene das eben taten.

Erwachsene suchten allerdings keine Fotos der Ex-Freundin im Internet und redeten sich auf keinen Fall ein, dass ihre Gesichtszüge seinen ähnelten, und dieses Lachen, meine Güte, wie konnte man ohne dieses Lachen leben und sich nicht jeden Tag darüber beschweren.

Für Erwachsene wäre Sara einfach eine Frau gewesen, die Max zu dem Menschen gemacht hatte, der er heute war, ein Mensch, an dem sie am Anfang gewachsen und am Ende verzweifelt war, ein Mensch, den sie früher geliebt hatte und den ich heute liebte. Eine Gemeinsamkeit, die uns verband, ob wir wollten oder nicht, der Lauf des Lebens.

Erwachsene fragten sich selbst und einander aber auch regelmäßig, ob ihre Beziehung sie öfter glücklich als unglücklich machte. Erwachsene warteten nicht darauf, bis die Depression des Partners von allein verschwand, und schmissen bis dahin den Haushalt allein.

Ich putzte die Wohnung, bezog unser Bett neu und machte den Abwasch. Ich las drei Artikel über Mikroalgen und hatte ihren Inhalt sofort vergessen. Ich hängte Wäsche auf, meine Strumpfhosen und BHs, Max' verwaschene Hoodies und Boxershorts. Die ganze Zeit über stürzten er und Sara sich vor meinem inneren Auge aufeinander und holten nach, was sie in den letzten Jahren verpasst hatten.

Ich wusste nicht viel über Sara, nur, dass ihre gemeinsame Zeit mit Max mit jedem Jahr, das seitdem vergangen war, leidenschaftlicher, kompromissloser und aufregender wurde. Max redete sich nämlich nicht nur seine Tischlerfertigkeiten und seine aktuelle Freundin schön, sondern auch seine Vergangenheit. Sara und er hatten eine unstete On-off-Beziehung geführt; ich kannte allerdings nur die On-Zeiten, in denen sie in dänische Ferienhäuser eingebrochen waren, ein halbes Jahr lang in einem Van durch Portugal gereist und in fünf Jahren Beziehung nicht ein einziges Mal darüber gestritten hatten, wer die kaputte Spülmaschine zu verantworten oder eine Psychotherapie nötiger hatte. Irgendwann war ich davon überzeugt, dass Max später mit entrücktem Blick zur Tür hereinstolpern würde, das T-Shirt auf Links, die Haare zerzaust. Aber nicht gewollt-zerzaust wie heute Nachmittag, sondern zerfickt-zerzaust. Er würde mir nicht in die Augen sehen können und sagen:

»Lio, es tut mir leid, aber wir wissen es beide, oder?«

Ich würde traurig, aber erleichtert nicken und ihnen alles Gute wünschen.

Dann wäre es vorbei.

Zur Einstimmung auf diesen Wortwechsel hörte ich *Don't Look Back In Anger* in Dauerschleife. Als ich den Tiefkühlschrank abgetaut und wieder eingeräumt hatte und Noel Gallagher gerade *Step outside, 'cause summertime's in bloom* sang, drehte sich der Schlüssel im Schloss. Es war kurz nach Mitternacht und ich mir mit der Erleichterung und den guten Wünschen plötzlich nicht mehr so sicher.

Ich rannte auf Max zu und warf mich in seine Arme.

»Fick mich«, murmelte ich.

Die Lio, die ich gerne wäre und unter anderen Umständen vielleicht hätte werden können, sagte gerne »Ficken«. Diese Lio würde sich ihrer Eifersucht, ihren Unzulänglichkeiten und Ängsten stellen und sich von ihnen weder Atem noch Appetit oder Nerven rauben lassen. Sie war im Reinen mit sich und machte niemandem etwas vor. Dafür war das Leben schließlich zu kurz. Erstmal ficken also.

Max sah mich perplex an und grinste dann übers ganze Gesicht.

»Damit habe ich heute nicht mehr gerechnet«, sagte er.

Erst jetzt traute ich mich, ihn richtig anzusehen. Max'

Frisur sah unwesentlich ramponierter aus als heute Nachmittag, das T-Shirt war richtig gedreht, an seinem Hals prangten weder Lippenstift noch Knutschflecken, und er wirkte nicht einmal sonderlich betrunken. Ganz rational betrachtet, war er der schönste Mann, den ich je gesehen hatte. Max ließ seine Lederjacke auf den Boden fallen, normalerweise nervte mich das, jetzt drückte ich mich an seinen Schultern hoch und schlang meine Beine um seine Hüften. Er roch nach Kippen und Ralph Lauren Polo Black. Früher, wenn ich ihn vermisste, hatte ich mir manchmal im Parfümladen einen Spritzer davon aufs Handgelenk gesprüht und war jedes Mal enttäuscht, weil es an mir ganz anders roch als an ihm. Der Duft katapultierte mich jedes Mal in unsere ersten Wochen zurück, als wir einander aufregend und neu waren.

Heute waren wir einander nichts mehr von beidem, deshalb sagte ich: »Heute ohne Kondom«, und schob ihn ins Bad.

»Sicher?«

Max gehörte zu der Sorte Mann, die mit Gummi *weniger intensive* Orgasmen hatte und *einfach nicht so viel spürte*. Ich gehörte zu der Sorte Frau, die ihm das manchmal durchgehen ließ.

»Ja, die kritische Zeit ist vorbei.«

»Die *Dog Days* auch«, flüsterte Max.

Sobald es ihm nach einer depressiven Episode besser ging, wurde er ungeduldig, wenn meine Stimmung nicht ebenso schnell wieder umschlug. Waren die *Dog Days* vorbei – und es war immer Max, der das entschied –, begann der Frühling, und er vergaß unsere Winter. Sechs Monate später konnte er sich wiederum nicht mehr daran erinnern, wie bunt, leicht und einfach ihm im Sommer alles erschienen war.

Max hob mich auf die Waschmaschine und summte in seiner tiefsten Stimme den Song von Florence + the Machine. Seine Fingerspitzen fuhren meine Beine entlang, dann knabberte er an meinen Nippeln, obwohl er wusste, dass ich das nicht mochte. Sex war ein Machtspiel, auf das Max heute ausnahmsweise große Lust hatte. In seinem Blick lag eine untervögelte Grundaggression. Ich dachte an Sara, er bestimmt auch. Max stöhnte bei jedem Stoß und kam so schnell, dass ich keine Zeit hatte, mich zu fragen, ob Ficken auf der Waschmaschine wirklich die Art von Unbeschwertheit ausdrückte, die ich in meinem Leben brauchte.

14

»Auf die tollste Frau der Welt«, sagte ich.

»Jawohl! Endlich hat das auch dieser ewiggestrige Verein verstanden!«

Mariam stieß ihr Glas vergnügt gegen meins.

Im Herbst würde sie Teil einer Ausstellung des städtischen Kunstvereins sein, bei der zehn Künstler:innen ihre Werke an öffentlichen Plätzen präsentieren würden. Mariam hatte sich das vierte Jahr in Folge beworben, nun hatte es endlich geklappt. Um das zu feiern, saßen wir auf der Terrasse unseres Lieblingsitalieners und teilten uns wie immer die halbe Karte.

»Aber die haben mich sowieso nur genommen, weil ich eine queere Frau mit Migrationsvordergrund bin. *So zeitgeisty, oh my God!*«, sagte sie mit übertriebenem britischen Akzent.

»Ich glaube, es liegt ausschließlich an deinem *Boyfriend*. Eine Libanesin mit israelischem Mann an ihrer Seite. Welch explosive Mischung!«

»Der Einzige, der das für explosiv hält, ist mein Opa.«

»Hey, weißt du was?«, fragte ich.

»Hm?«

»Vielleicht haben sie dich genommen, weil niemand an

deinen Dackeln vorbeigehen kann, ohne zu lächeln, und du der ganzen Stadt gute Laune machst. Wer kann das schon von sich behaupten?«, sagte ich.

»Hast recht«, antwortete Mariam und trank noch einen großen Schluck. »Ist das jetzt unser Leben?«

»Ausgestellt werden und Crémant saufen? Ja!«

»Als Nächstes kommt dann die Verlobung.«

»Was?«

»Ich habe neulich drüber nachgedacht, Elias einen Antrag zu machen.«

»Scheiße.«

»Keine Angst, das wäre keine klassische Hochzeit, ich bin ja nicht wahnsinnig, sondern ein Liebesfest ohne Papierkram. Ich will, dass wir beide rosa Anzüge tragen und nur Leute einladen, die wir mögen. Statt Sektempfang gibt es MDMA-Bowle. Mit Himbeeren. Antioxidantien sind das neue Botox!«

Zum Glück vibrierte in dem Moment unser Tisch.

»Hey, Babe«, sagte Mariam in ihr Handy. »Ja, sind wir.« Sie schaute mich an und fragte leise: »Ist es okay, wenn Elias auch vorbeikommt?«

»Komm ran!«, rief ich in ihr Telefon.

»Aye, aye«, schepperte es zurück.

Fünf Minuten später hielten Elias und sein neues Rennrad, das ihm fast so wichtig war wie Mariam, neben unserem Tisch. Er küsste sie auf den Mund, mich auf die Wange und sah sich nach einem freien Stuhl um.

»Brauchst du dein Fahrrad eigentlich noch?«, fragte ich.

»Du bist nur neidisch auf diese mattschwarze Schönheit.«

»Stimmt.«

»Wie stolz bist du auf mich?«, fragte Mariam.

»Ich kippe gleich um vor Stolz! Und vor Müdigkeit.« Er gähnte herzhaft.

Wenn alles gut lief, arbeitete Elias in Zwölfstundenschichten, wenn alles schlecht lief, waren es auch mal achtzehn Stunden. Gerade lernte er zusätzlich für seine Facharztprüfung und schlief kaum noch.

»Ich hab dir was mitgebracht«, sagte er und streckte Mariam einen Blumenstrauß entgegen, den er notdürftig in seinem Rucksack versteckt hatte.

»Bester Boy!« Mariam warf ihm einen Luftkuss zu.

»Habt ihr schon über unseren grandiosen Plan gesprochen?«, fragte Elias und zog Mariams Lasagne zu sich.

»Nee, wir waren noch bei Adam Smith und seiner missverstandenen unsichtbaren Hand«, antwortete Mariam.

»Wir denken darüber nach, aufs Land zu ziehen«, erklärte er.

»Hilfe«, sagte ich und sah mich vor meinem inneren Auge ohnmächtig auf den Asphalt knallen.

»Wir überlegen, mit mehreren Leuten einen Hof zu kaufen, auf dem alle doppelt so viel Platz haben wie hier«, sagte Mariam. »Mit Schafen und Hühnern und einem großen Atelier, in dem gematscht werden darf. Könntest du dir das vorstellen?«

»Nein«, sagte ich.

»Wir reduzieren unsere Arbeitsstunden, was wir uns leisten können, weil unsere Lebenshaltungskosten dramatisch sinken werden. Und ein paarmal in der Woche pendeln wir hierher, wenn's sein muss.«

»Und Max nimmt sich eine kleine Stadtwohnung für seine Schichten und setzt die von der Steuer ab«, führte Elias den schwachsinnigsten Plan, von dem ich je gehört hatte, weiter aus.

Max und Elias pflegten ein höfliches Verhältnis zueinander, was im Vergleich zu Mariam und mir fast unterkühlt wirken konnte. Elias war eher ruhig, wenn man ihn nicht kannte, so wie ich, Max war immer laut, besonders wenn man ihn nicht kannte, so wie Mariam.

»Das alles hier finden wir doch spätestens in zehn Jahren unerträglich«, sagte sie und deutete vage auf die Straße.

Ich kannte niemanden, der diese architektonisch gewollte, aber nicht gekonnte, kulturell eindimensionale und menschlich triviale Stadt so glühend verteidigte wie Mariam; oder wie sie das bis heute getan hatte.

»Ich will nicht mein ganzes Leben im Krankenhaus verbringen, und Mariam geht in dieser Bonzenschule früher oder später vor die Hunde.«

»Das ist witzig. Wegen der Dackel«, sagte Mariam. »Aber ja, keine Verbeamtung der Welt ist genug Schmerzensgeld für diese Freakshow.«

»Gerade ist doch alles gut so, wie es ist«, sagte ich, als hätte ich den beiden Gutshofbesitzer:innen in spe nicht zugehört.

»Lass es mal sacken«, sagte Mariam. »Ist ja nur eine Idee.«

Nach dem Tiramisu, das nach Hochverrat und Hippietum schmeckte, verabschiedete ich mich von Mariam und Elias und schwang mich auf mein Fahrrad. An einer roten

Ampel schickte ich Max ein Herz, damit er wusste, dass ich gleich zu Hause sein würde. Ich radelte die Hauptstraße hoch in Richtung Langzeitbeziehung und Kurzzeitgedächtnis.

»Puh, er ist noch da«, war immer mein erster Gedanke, wenn ich Max' Cabrio in unserer Straße stehen sah. Ein Teil von mir rechnete offenbar jeden Tag damit, dass er es nicht mehr wäre. »Schon wieder keine Ruhe«, war mein zweiter Gedanke, von dem ich selbst immer überrascht war.

Als ich den Schlüssel in die Haustür stecken wollte, kam Max mir entgegen.

»Ich habe mir schon wieder solche Sorgen gemacht!«, rief er entrüstet.

»Warum?«

»Mariam, drei Liter Limoncello und dieses Schrottrad ohne Licht.«

»Heute war eher Bitter Lemon«, sagte ich und küsste ihn auf die Wange. »Aber süß von dir.«

»Geht so.«

Erst jetzt sah ich, dass sich hinter Max ein Hund versteckte.

»Kommst du mit? Wir gehen Gassi«, sagte er.

»Wer ist denn das?«

»Lotti, das ist Lio. Lio, Lotti.«

Ich runzelte die Stirn.

»Überraschung! Du hast doch mal gesagt, dass du eher ein Hunde- als ein Katzentyp bist, oder?« Er strahlte erwartungsvoll.

Ich hasste Hunde ein bisschen weniger als Katzen, das war richtig.

»Und jetzt haben wir einen Hund?«, fragte ich und dachte an Mariams Schafe, Hühner und Dackel und meine Felle, die langsam davonschwammen.

»Lotti gehört Benjamin. Der macht drei Wochen Urlaub mit seiner neuen Freundin, Anna, ich soll dir liebe Grüße ausrichten, sie macht auch irgendwas mit Botanik! Kannst du das glauben? Jedenfalls hat er gefragt, ob wir in der Zeit auf Lotti aufpassen können. Ich dachte, das würde uns guttun.«

Benjamin lebte in einer fünf Stunden entfernten Stadt. Die beiden mussten diese Überraschung von langer Hand geplant haben. Ich kniete mich zu Lotti und wusste nicht, ob ich sauer sein sollte, weil Max eine nicht unwichtige Entscheidung ohne mich getroffen hatte, mal wieder, oder ob ich gerührt sein sollte, weil er uns in der Lage sah, ein drittes Wesen am Leben zu erhalten. Lotti hatte dunkles Fell mit hellbraunen, fast goldenen Strähnchen. Sie war wenige Monate alt, aber angeblich stubenrein. Als ich sie streichelte, rollte sie sich begeistert auf dem Boden und schleckte meine Hände ab.

»Hallo, Lotti«, sagte ich und entschied mich, gerührt zu sein.

»Wir drei werden ganz viele tolle Ausflüge machen, oder, Lotti?«

Er sprach mit ihr wie mit einem Kleinkind. Im gleichen Ton fragte er mich, ob ich mein Fahrrad abschließen und mit ihnen Gassi gehen wolle.

»Hilfe«, sagte ich zum zweiten Mal an diesem Abend.

»Verdammt!«

Max' Schrei riss mich aus dem Schlaf, der seit einigen Tagen von lebhaften Träumen torpediert wurde. Ich saß immer als Angeklagte vor Gericht, nackt, höchstens zwölf Jahre alt, und gegenüber von meiner Mutter, die eine Richterrobe trug. Der Saal war leer. Es gab weder Staatsanwältin noch Rechtsanwalt, weder Protokollantin noch Zeugen. *Ehe und Familie stehen unter dem besonderen Schutze der staatlichen Ordnung.* Meine Mutter schwieg, wie sie es immer getan hatte, und ich wartete darauf, dass sie damit aufhörte, wie ich es immer getan hatte. *Pflege und Erziehung der Kinder sind das natürliche Recht der Eltern und die zuvörderst ihnen obliegende Pflicht. Über ihre Betätigung wacht die staatliche Gemeinschaft.* Ich, die Täterin, verantwortlich für alles Schlechte, das meiner Mutter jemals passiert war. *Gegen den Willen der Erziehungsberechtigten dürfen Kinder nur auf Grund eines Gesetzes von der Familie getrennt werden, wenn die Erziehungsberechtigten versagen oder wenn die Kinder aus anderen Gründen zu verwahrlosen drohen.* Reichten meine Sünden für eine lebenslängliche Freiheitsstrafe, und würde meine Mutter öfter lächeln, nachdem das Urteil vollstreckt wurde?

»Dieses Scheißbett!« Max hatte sich wieder mal den Fuß an einer der Paletten gestoßen.

»Ich verschulde mich gern für ein neues, Schatz«, sagte ich schlaftrunken.

»Du bist mein Albtraum.«

»Ich dich auch.«

Max küsste mich zum Abschied auf die Stirn. Durch die geschlossene Schlafzimmertür hörte ich ihn in der

Wohnung rumoren: Der Kaffee lief durch, er duschte, natürlich ohne danach die Glastür abzuziehen. Dann kam er zurück ins Schlafzimmer, um sich Klamotten aus dem Kleiderschrank zu holen. Ich hatte aufgegeben, ihn zu bitten, das abends zu tun, damit ich nicht zweimal wach wurde. Sobald sich die Türklinke senkte, stellte ich mich schlafend. Ich hörte, wie Max in seine Hose hüpfte, den Gürtel schloss und zweimal auf seinen Parfumflakon drückte. Dann föhnte er im Bad seine Haare, putzte die Zähne und sammelte im Flur Autoschlüssel, Geldbörse und Wasserflasche zusammen. Wenn ich gewusst hätte, wie brutal es klang, wenn Max die Haustür von außen zuzog, das ging nur mit Schwung und war im ganzen Haus zu hören, wäre ich nie mit ihm zusammengezogen. Manchmal vergaß er etwas und kam fluchend zurück. Ich hoffte dann, dass er sich noch mal zu mir ins Bett kuscheln würde, aber er wollte immer schnell weg.

Ich schaute auf den Radiowecker, den Max nie und ich sporadisch benutzte. Es war 4:15 Uhr. In dreißig Minuten würde er im Sender ankommen, in fünfundvierzig Minuten den Tag mit den Notizen anmoderieren, den ihm die Redaktion gestern mit der Bitte geschrieben hatte, er solle vorher unbedingt noch mal checken, ob sich in der Zwischenzeit etwas geändert hatte, was er natürlich nie tat, in einer Stunde würde Kat hereingeschlurft kommen, »Sorry« murmeln und Max ein Schokobrötchen hinwerfen. Ich würde mich zwingen, mindestens eine weitere Stunde im Bett zu bleiben, weil Rumliegen fast so erholsam war wie Schlafen.

Irgendwann zog ich die Vorhänge zur Seite und schaute auf die kahlen Bäume. Als es draußen heller wurde, stellte ich mich unter die Dusche. Allein in der Wohnung hatte ich Angst, dass die Hauptdarstellerin meiner Träume jeden Moment lachend vor mir stehen und mich aus diesem Leben zerren würde. Zurück dorthin, wo ich hingehörte, in eine Welt, in der Berührungen nichts Schönes waren und Tränen mit Häme quittiert wurden. Zurück zu dem Gerichtsprozess, der bis zu meinem Tod dauern würde, ohne Urteil, ohne Gnade.

Morgens war ich meistens müder als abends.

15

SSW 4

Die Blastozyste, ein kugeliger Zellhaufen, nistet sich in der Gebärmutterschleimhaut ein. Sie ist einen halben Millimeter groß und hat damit etwa die Größe eines Mohnsamens. Das Schwangerschaftshormon HCG verhindert, dass der Körper der Mutter die Schleimhaut abstößt. Diese Phase ist heikel, da äußere Einflüsse den Embryo leicht schädigen können. Hat sich die Blastozyste aber verankert, bilden sich Dottersack, Fruchtwasserhöhle und Plazenta aus. Die Plazenta versorgt den Zellhaufen mit Nährstoffen und Sauerstoff und transportiert Stoffwechselprodukte ab.

»Los, wir sind spät dran!«, rief Mariam, als ich mich die vier Stockwerke zu unserer alten Wohnung hochgeschleppt hatte.

Sie hatte ihren Tennisschläger schon auf dem Rücken und wollte direkt wieder los. Als ich mich aus ihrer hektischen Umarmung löste, hielt ich ihr eine kleine weiße Box vor die Nase.

»Was ist das?«, fragte sie, obwohl auf der Packung geschrieben stand, was das war.

Mariam riss den Mund auf, strahlte, sah dann meine versteinerte Miene und klappte den Mund wieder zu.

»Überraschung«, sagte ich tonlos.

Mariam zog mich in die Wohnung und schloss die Tür.

»Wann hattest du zuletzt deine Tage?«

»Das kann eigentlich gar nicht sein.«

»Ich sage schnell auf dem Tennisplatz Bescheid. Soll ich uns einen Joint drehen?«

»Nee, lass mal.«

Während Mariam telefonierte, streifte ich meine Schuhe ab, ließ meine Tasche auf den Boden fallen und merkte erst jetzt, dass ich meine Tennissachen gar nicht mitgenommen hatte. Nach der Arbeit war ich eine schnelle Runde mit Lotti gegangen, hatte den Test gekauft und war damit intuitiv zu Mariam geradelt.

Ich ging ins Bad, lehnte die Tür an und pinkelte auf das Teststäbchen. Dann drückte ich auf die Klospülung und setzte mich auf den hellgrauen Flauschteppich vor der Badewanne. Überall standen teure Cremes, Öle und Duftkerzen herum, so wie bei Max und mir schmutzige Kaffeetassen, in denen er Zigarettenstummel versenkte und dachte, ich würde es nicht merken. Seit Elias hier lebte, war Mariams Wohnung viel ordentlicher und nicht mehr ganz so bunt wie damals, als sie auch noch mein Zuhause gewesen war.

»Bitte sag was«, rief Mariam aus der Küche.

»Hallo.«

»Sind die drei Minuten rum?«

Nichts war so kostbar wie die ersten Sekunden, wenn etwas Einschneidendes passiert war und man es noch niemandem sagen musste. Meiner Erfahrung nach galt das für gute wie für schlechte Neuigkeiten: die Zulassung für den Studienplatz, den frühen Tod der Tante, die 3+ neben einem blauen Strich.

Mariam erschien in der Tür.

»Und?«

Ich hielt ihr das Stäbchen hin.

»Das heißt gar nichts. Soll ich mehr Tests holen? Die Apotheke an der Ecke hat noch auf.«

Ich schüttelte den Kopf.

Mariam setzte sich zu mir auf den Boden und schimpfte über das weiße heterosexuelle Paar auf der Packung, das das Teststäbchen grenzdebil anstrahlte. Ich blickte abwechselnd auf das Display und in Mariams Gesicht und lachte auf. Das Lachen durchschüttelte mich so sehr, dass ich beinahe umkippte.

»Das sind keine guten Nachrichten, oder?«, stellte Mariam fest, nachdem ich mich beruhigt hatte.

Ich war immer davon ausgegangen, dass ich gar nicht schwanger werden konnte. Mein Körper war kein richtiger Frauenkörper, allenfalls ein ausrangierter Prototyp. Außerdem musste die Natur doch ein Interesse daran haben, dass so jemand wie ich sich nicht fortpflanzte.

»Willst du Max anrufen?«

»Die Frau hier hat den Test zusammen mit ihrem Macker gemacht«, sagte ich und riss die Verpackung in Dutzende kleine Schnipsel.

»Ich glaube nicht, dass du dich an deren Lebensentscheidungen orientieren solltest. Die trennen sich nach einem Jahr, weil sie findet, dass er öfter Windeln wechseln sollte, und er merkt, dass ihre Modelfigur weg ist. ›Darling, du bist ganz schön pummelig geworden. Ich sage das nur, weil ich mir Sorgen um deine Gesundheit mache.‹ So redet der, ich schwöre!«

»Hm«, erwiderte ich.

»Max davon zu erzählen heißt ja nicht …«, Mariam zögerte und machte komische Bewegungen vor ihrem Unterleib, »… das bis zum Schluss durchzuziehen.«

»Er würde sich vielleicht freuen«, sagte ich. »Und sich und uns überschätzen, wie immer.«

»Würdest du dich denn freuen?«

»Wenn ich die Beziehung mit Max in den Sand setze, wird das mit jedem anderen auch passieren. Dasselbe gilt für Kinder.«

»Das habe ich nicht gefragt.«

»Keine Ahnung. Eher nicht. Nein.«

»Denkst du, Max hat sich aus purer Nächstenliebe in deinem Leben eingenistet? Er braucht dich genauso wie du ihn.«

»Wieso habe ich den Test nicht allein gemacht?«, stöhnte ich.

»Was jetzt? Wodka oder Weed?«

»Mir ist schlecht«, sagte ich.

»Das ist unfair«, sagte Mariam.

»Was?«

»Dass es dich getroffen hat, obwohl ich es so oft provoziert habe.«

Zur Wahrheit gehörte auch, dass Mariam eine Schwangerschaft nicht *treffen* würde. Elias liebte Babys, je kleiner, desto besser. Mariam würde die ersten Jahre zwar gern überspringen und erst ab dem Zeitpunkt Mutter werden, wenn sie mit ihrem Kind über Skulpturen von Henry Moore diskutieren konnte – aber dass sich die beiden eine Familie vorstellen konnten, war klar.

Zu Hause lagen Max und Lotti schlafend auf dem Sofa. Im Hintergrund lief eine politische Talkshow, deren Gäst:innen einander dauernd ins Wort fielen. Mir war flau vor Sehnsucht nach Max. Als ich versuchte, möglichst geräuschlos auf ihn zuzugehen, blinzelte er.

»Wo warst du?«, flüsterte er.

»Beim Tennis mit Mariam.«

Ich hob Lotti ans Fußende und legte mich neben ihn.

»Langsam«, sagte er. Müde war Max hochsensibel.

»Wie war der Workshop?«

Seiner Redaktion war heute präsentiert worden, wie die Social-Media-Strategie des Senders geschärft werden sollte. Die Hosts sollten als Off-air-Personalities zu Marken werden. Das Credo: mehr Reichweite, weniger Bullshit.

»Ganz schrecklich«, stöhnte er. »Ich soll so dullimäßig in mein Telefon reden und die Leute fragen, was sie heute Abend kochen, welcher Song bei ihnen in Dauerschleife läuft und was sie am Wochenende machen. Damit geht mein letzter Rest Seriosität flöten. Die können mich mal! Radio ist Radio! Das habe ich auch gesagt. Sollten die mich dazu zwingen, habe ich schneller gekündigt, als du …«

»Pssst«, sagte ich und legte ihm einen Finger auf die Lippen. »Du bist schon eine Marke. Für mich bist du mindestens Gucci. Allerdings solltest du langsam wirklich mal mit Outfitfotos auf Instagram anfangen. Zum Sonnenaufgang auf eurem Dach. Ganz in Weiß. Mit schimmerndem Haar und einem Rabattcode für Leave-in-Conditioner, mit dem deine Groupies nie wieder trockene Spitzen haben werden. SEXIESTMAXALIVE10. Tony Montana für Arme. Lecker.«

»Wer ist Tony Montana?«

»Entschuldige. Hugh Grant für Arme.«

»Pssst.« Jetzt hielt Max mir den Mund zu. »Schwachkopf.«

Er legte die Arme um mich. Seine Haut roch nach Schlaf.

Wie würde Max reagieren, wenn ich ihm von der Schwangerschaft erzählte? Wahrscheinlich würde er dreimal nachfragen, ob ich sicher war, und dann, nachdem ich das dreimal bejaht hatte, strahlen, fluchen, sich in Rage reden und wie ein Stehaufmännchen durch die Wohnung rennen, bis sein Wecker klingelte. Am Morgen darauf würde eine dreiseitige To-do-Liste auf dem Küchentisch liegen. Max hätte vermutlich weit vor der zwölften Woche die Steckdosen kindersicher gemacht und alle spitzen Gegenstände hochgeräumt, bevor meine Jeans spannten.

Vielleicht befänden wir uns tagelang in einem Freudentaumel, würden eine Sehnenscheidenentzündung bekommen, weil wir uns rund um die Uhr ekstatisch Alte-Leute-Emojis mit Lachtränen und Herzchenaugen schickten, hätten morgens und abends Sex, denn damit wäre ja bald Schluss, schade, aber auch schön, eine neue Phase eben. Vielleicht wären wir nie wieder so glücklich wie in dieser Zeit, überzeugt, dass die letzten Jahre nur der Auftakt eines langen Abenteuers gewesen waren und dass nichts an einem Messingklingelschild mit unseren Namen, einem synchronisierten Kalender und einer Ultraschallbild-Kollektion am Kühlschrank eine Nummer zu groß oder schlicht unendlich dumm war.

»Schlafen wir heute auf dem Sofa?«, fragte ich.

»Ja, sonst wacht Lotti auf«, murmelte Max. »In dem Alter ist Schlaf ganz wichtig.«

16

SSW 5

Die embryonalen Stammzellen werden nun zu spezialisierten Zellen und bilden die dreiblättrige Keimscheibe. Deren obere Zellen formen das Neuralrohr, den Vorläufer von Gehirn und Rückenmark. Alle anderen Organe entstehen ebenfalls aus den drei Keimblättern. Das Ultraschallbild zeigt bisher allenfalls einen kleinen schwarzen Punkt und noch keinen Embryo. Das ist die Fruchtwasserhöhle, die einen Zentimeter groß ist.

Ich hätte mich lieber jede Woche einer Wurzelbehandlung unterzogen, als einmal jährlich zur Vorsorgeuntersuchung bei meiner Gynäkologin zu gehen.

An Dr. Yilmaz' massivem Schreibtisch tauschten wir jedes Mal Höflichkeiten aus, *wie geht's, alles bestens, wie war der Urlaub*, im Sommer fuhr sie nach Schweden, im Winter in die Alpen. Ich fuhr nirgendwohin, aber sobald ich die Praxis betrat, hatte ich immer Heimweh. Dann gingen wir ins Zimmer nebenan, dem mit der Liege und den Instrumenten. Ich *machte mich frei*, fühlte mich daraufhin unfrei und kletterte auf den Stuhl, der nicht nur aussah wie ein Folterinstrument, sondern eins war. Links und rechts stellte ich meine Füße auf den Stützen ab. Dr. Yilmaz fuhr mich nach oben, *die Beine bitte noch weiter spreizen*, und hielt eine silberne Zange hoch, *Achtung, jetzt wird es kurz kühl*, von der Temperatur bekam ich aber nichts mit, weil sich sofort ein stechender Schmerz in mir ausbreitete. Die Zange spreizte meine Eingeweide kilometerweit auseinander. *Wenn Sie nur ein bisschen lockerer werden, wird es besser.* Ob man das Tieren auf der Schlachtbank auch sagte? Ich hatte kein Gefühl dafür, wie lange diese Zange immer in mir steckte, sechzig Sekunden, neunzig oder zwei Minuten. Dann machte Dr. Yilmaz einen Abstrich, und ich konzentrierte mich darauf, nicht loszukotzen. Nach einer Ewigkeit löste sie die Zange. Ich blieb wie erstarrt sitzen, unfähig, mich zu bewegen. Dann verteilte sie auf einer stabförmigen Sonde Gleitgel ohne Erdbeergeschmack und schaute mir prüfend in die Augen, *Bereit?*, ich nickte, der Stab rutschte einigermaßen leicht rein, kein Wunder, die Zange hatte ja ganze Arbeit geleistet. *Sehen Sie*, sie zeigte auf den Ultraschallmonitor neben sich, *da ist der Muttermund. Sieht gut aus.*

Zum Schluss zog Dr. Yilmaz sich routiniert einen Handschuh über die rechte Hand und schob sie in mich hinein, unglaublich, dachte ich jedes Mal, jetzt steckt eine Erwachsenenhand in mir. Sie tastete mich von innen ab und drückte mit der anderen Hand von außen dagegen, *Ihre Bauchdecke ist recht hart, sonst keine Auffälligkeiten*. Jetzt war es fast vorbei. Sie fuhr den Stuhl herunter, ich stand auf und wankte zurück in den kleinen Umkleidebereich. Dort zog ich meine Hose wieder an und das T-Shirt aus. Jetzt wurden meine Brüste nach Knoten abgetastet, die ich manchmal zyklusbedingt hatte, die sich im Nachhinein aber immer als harmloses Gewebe entpuppt hatten. *Keine Nachrichten sind gute Nachrichten*, sagte Dr. Yilmaz jedes Mal zum Abschied. Ich bedankte mich und lief mit schnellen Schritten an der Arzthelferin vorbei. Wegen eines neuen Termins würde ich mich telefonisch melden, *auf Wiedersehen*. Nachdem die schwere Praxistür hinter mir ins Schloss gefallen war, und ich hätte es keine weitere Sekunde ausgehalten, entkrampfte sich mein Körper und fing an zu zittern. Ich wartete nie auf den Fahrstuhl, sondern rannte die fünf Etagen hinunter. Auf der Straße war meistens alles wie immer, manchmal regnete es, der Obstverkäufer schrie, *Angebot, Angebot*, eine Fahrradfahrerin schlängelte sich knapp an einem Bus vorbei, irgendjemand humpelte über die Straße, die meisten Leute starrten auf ihre Handys. Und ich stand da und würgte und heulte, als hätte man mir ohne Betäubung ein paar Eingeweide rausgerissen und dafür einen fetten Bonus von der Krankenkasse kassiert.

So liefen die Termine bei meiner Frauenärztin normalerweise.

Heute war das anders.

Heute fiel mir im Wartezimmer die Wand mit den Babyfotos auf. Mehrere Schichten klebten übereinander, als wollte die Ärztin sagen: »Ich habe bisher jedes Kind zur Welt gebracht.« Heute fragte ich mich zum ersten Mal, was mit denen passierte, die im Klo oder Mülleimer landeten.

Auf Dr. Yilmaz' Schreibtisch stand ein neuer Bilderrahmen, ich konnte von meiner Seite aus nicht sehen, was oder wer auf dem Foto zu sehen war. Wir sparten uns den Small

Talk, weil sie seit der letzten Untersuchung nicht im Urlaub gewesen war.

Ich zog mich aus und setzte mich auf den Stuhl. Egal, was gleich passieren würde, es konnte nicht so schlimm sein wie die Zange.

Ich spreizte die Beine. Dr. Yilmaz drückte ihre Paste auf den Stab und sagte: »Na, dann wollen wir mal schauen«, obwohl nur sie das wollte.

Sie rumorte in mir herum, schaute auf ihren Bildschirm und räusperte sich.

»Sie sind in der Gebärmutter schwanger.«

An ihrem Gesichtsausdruck konnte ich erkennen, dass die Mehrheit ihrer Patientinnen auf diese Nachricht anders reagierte als ich.

»Und jetzt?«, fragte ich.

»Darf ich gratulieren?«

»Was wäre, wenn ich das nicht wollte?«

Dr. Yilmaz seufzte, als hätte ich sie beleidigt.

»Dann müssten Sie in eine andere Praxis gehen.«

»Warum?«

»Weil das gegen meine Prinzipien geht.«

»Haben Sie eine Empfehlung?«

Dr. Yilmaz seufzte wieder. Während ich mich anzog, ging sie ins Nebenzimmer zu ihrem Schreibtisch und kramte einen Zettel mit Adressen heraus, dessen Vorlage augenscheinlich schon oft kopiert worden war.

»Ich weiß nicht, wie aktuell die sind. Müssen Sie abtelefonieren. Es gibt medikamentöse und operative Eingriffe. Die meisten führen nur operative durch. Mindestens drei Tage vorher müssen Sie sich einen Beratungsschein besorgen, der besagt, dass Sie sich das gut überlegt haben.« Dr. Yilmaz war nicht unfreundlich oder anklagend, sie hatte einfach keine Lust auf dieses Gespräch. »Gehen Sie nicht zu einer kirchlichen Stelle, wenn …«

»Wenn ich keine Prinzipien habe?«

Sie sah mich schweigend an.

»Am Empfang bekommen Sie noch die Bestätigung der Schwangerschaft«, sagte sie zum Abschied.

Wir nickten einander zu, unsicher, ob unsere Beziehung sich davon erholen würde, falls die befruchtete, in der Gebärmutter eingenistete Eizelle in zehn Monaten nicht auf einer Dankeskarte an der Fotowand prangen würde.

»Ich bräuchte noch eine Bestätigung«, sagte ich leise zur Sprechstundenhilfe, auf deren Namensschild nur »Chrissy« stand.

»Total gerne!«, sagte Chrissy strahlend. »Herzlichen Glückwunsch! Ich mache Ihnen noch den Mutterpass fertig.«

»Den brauche ich erst mal nicht.«

»Oh. Schade.« Sie guckte traurig.

Ich nahm den Zettel und ging.

Im Fahrstuhl nach unten schaute ich mir die Diagnose an wie die Bestätigung einer chronischen Krankheit, eines bösartigen Tumors oder einer lästigen Geschlechtskrankheit, gegen die es noch kein Medikament gab.

17

SSW 6

In dieser Woche bilden sich beim Embryo etwa 29 Urwirbelpaare aus, die zu Vorläuferzellen des Skeletts, der Muskeln und der Haut werden. Das Herz-Kreislauf-System ist nun angelegt, in der Herzregion treten erste Kontraktionen auf. Der Embryo ist jetzt 6 Millimeter lang und damit so groß wie ein Reiskorn.

Max und ich standen nackt im Bad.

Auf unserem Sonntagsspaziergang hatte er stundenlang Stöckchen für Lotti geworfen. Sie war erst müde geworden, nachdem sie den gesamten Wald einmal umgegraben hatte. Dann war sie wehleidig auf dem Boden zusammengesackt und hatte sich geweigert, auch nur einen weiteren Schritt zu tun. Wir hatten sie abwechselnd getragen und kamen völlig verdreckt zu Hause an. Benjamin hatte Max davor gewarnt, Lotti zu baden, ich hatte Max davor gewarnt, es nicht zu tun. Nachdem wir ihr Fell unter Bellen und Jaulen eingeseift und abgespült hatten, ließen wir sie mit einem weißen Handtuchgewand und zu vielen Leckerlis durch die Wohnung tapsen.

»Darf ich dich duschen?«, fragte Max, nachdem wir unsere nassen Kleider ausgezogen hatten.

»Wenn du mich mit der Frage auf Tinder angeschrieben hättest, wäre ich dir sofort verfallen.«

»Bist du doch auch so.« Max zwinkerte und fuhr mit seinem Zeigefinger auf meinen Brüsten entlang.

Unter der Dusche machte er klar, dass es ihm weniger um eine gründliche Reinigung als um den Körperkontakt ging. Als wir sauber und abgetrocknet vor dem Spiegel standen, umarmte er mich von hinten und sah mich an.

»Wie schön du bist.«

»Vielen Dank.«

»Hast du dich schon mal nackt angeschaut? So richtig? Männer wachsen ja damit auf, dass sie an sich rumspielen. Frauen eher nicht so.«

»Ach was. Was wird das hier? Sexualkunde?«

»Ich will dir sagen, dass du schön bist und es Zeit ist, dass du das auch siehst.« Er setzte sich auf die Badewanne und inspizierte seine Hoden. »Und jetzt du!«

Ich bewegte mich nicht.

»Lio, du musst dir ein bisschen Mühe geben, sonst wird das nie besser.«

»Was wird nie besser? Unser schrecklicher Sex?«

»Du weißt, wie ich das meine.«

Ja, ich wusste, wie Max das meinte. Ich warf mein Handtuch auf den Boden und hielt ihm meine Brüste vors Gesicht.

»Schau mal, was für geile Titten, willst du mal dran rubbeln, schau, wie viel MÜHE ich mir gebe, dass die schön HEISS für dich sind! Gefällt dir das?«

»Lio, hör auf damit.«

»Hörst du irgendwann auf damit? Du bist nicht mein Therapeut!«

Max schüttelte langsam den Kopf, murmelte: »Ich hab's versucht«, und ließ mich allein.

Ich schloss die Tür hinter ihm ab und sank in mich zusammen. Ich wollte meinen Körper vor der Außenwelt beschützen. Vor all denen, die keine Ahnung hatten, wie schwierig es war, ihn zu lieben. Vor denen, die sich von Äußerlichkeiten blenden ließen. Vor Max.

Ich richtete mich wieder auf und stellte mich auf den Badewannenrand, um mich vollständig im Spiegel anschauen zu können. In mir befand sich ein zweiter Mensch. Ich fragte mich, wie mein Bauch aussehen würde, wenn diese Tatsache unübersehbar wäre, ob ihn Leute ungefragt anfassen würden oder ob mein passiv-aggressiver Blick sie davon abhalten würde, ob ich irgendwann einen sogenannten Schwangerschaftsglow bekäme oder ihn schon hatte, ob ich im achten oder neunten Monat Fotos mit dem Bauch machen würde, die linke Hand über die Brüste gelegt, die rechte unter den Bauch, vielleicht würde Max ihn anmalen oder nette Dinge daraufschreiben, das nannte sich *Bellypainting*, vielleicht würde ich die meiste Zeit beschwerdefrei, perfekt frisiert, in Seidenunterwäsche auf dem Bett rumliegen und von der Sonne angestrahlt werden, wie eine Göttin, das ultimative Sexsymbol.

Eine Schwangerschaft war ein Wunder, daran änderte auch ihre Rezeption nichts. Der Schwangerschaft war es egal, wie man sie fand, ob man, wenn man von ihr erfuhr, vor Glück heulte oder vor Verzweiflung, sie machte einfach weiter, jedenfalls in 85 Prozent der Fälle, über die anderen fünfzehn redete niemand, also existierten sie nicht. Ihr war egal, ob man sich den Bauch einölte, mit anderen Schwangeren Übungen im Kreis machte oder ihr klassische Musik vorspielte. Wenn ich nichts weiter tun würde, als für mein körperliches Fortbestehen zu sorgen, wäre in ein paar Monaten höchstwahrscheinlich ein Mensch fertig, der robuster sein würde, als er wirkte.

Ich stellte mir vor, wie mein Bauch aussehen würde, wenn er wieder leer wäre, in seiner Ursprungsform, ähnlich wie jetzt, aber ganz anders. Mit Narbe, ohne Narbe.

Schon vor der Schwangerschaft hatte ich manchmal einen wiederkehrenden Traum gehabt. Ich befand mich im Kreißsaal, war aber zugleich die Gebärende und das zu Gebärende. Es war der dritte Tag in den Wehen, jemand hatte entschieden, dass die Geburt losgehen müsse, obwohl beide Menschen noch nicht bereit waren. Panik lag in der Luft, von bedächtiger Ehrfurcht und weiblichem Erweckungserlebnis keine Spur. Es wurde geschrien und gezogen und gedrückt, ein Kampf, keine Befreiung. Die Hebamme rang mit beiden Menschen auf der Liege, drückte auf dem Bauch der Gebärenden herum und versuchte, das Kind zu drehen, das zum Sternengucker geworden war. Sie wollte es unbedingt auf natürlichem Wege zur Welt bringen, koste es, was es wolle. *Jetzt gibt's kein Zurück mehr, schieb nicht so ein Drama, wenn du es nicht bald rauskriegst, wird das für euch beide gefährlich, mein Gott, so schwer ist das doch nicht,* die Hebamme schob ihre Hände an Orte, an denen sie nichts verloren hatten, drückte und stöhnte und schnaufte. Stunden später war es vorbei und Gebärende und Kind gebrochene Menschen, gewaltsam in eine neue Realität gezogen, so viele Arzttermine konnte man gar nicht machen, um diese Erfahrung wieder aus den Knochen zu bekommen, überall blaue Flecken, Blut, Schnitte, die wochenlang nicht heilen würden, Verletzungen, über die man sich gefälligst zu freuen hatte, ein Blick in diese Augen, und alles war vergessen, *mein Gott, so schlimm war das doch nicht, freu dich mal*, aber was, wenn bei einem Blick in diese Augen gar nichts vergessen und alles präsent wäre, der größte Kontrollverlust im Leben der Gebärenden, die Krone der Hilflosigkeit, ein Moment für die Ewigkeit, eine Ewigkeit und drei Tage, *mein Gott*.

Wann immer ich das Wort »Mutter« hörte, zuckte ich zusammen wie andere bei »Fotze«. *Mutter* setzte eine Kettenreaktion in Gang, die ich nicht kontrollieren konnte.

»Vater, Fotze, Kind«, flüsterte ich meinem Spiegelbild zu und lachte. Das war geschmacklos, aber wahr.

Apropos Vater. Max würde, da war ich mir sicher, einen Großteil der Arbeit gar nicht sehen und trotzdem Mitleid dafür wollen, dass dieser Mensch alles verändert hatte. Manchmal müsste er einfach loswerden, wie sehr er sein altes Leben vermisse und dass das wirklich nichts mit mir oder dem Kind zu tun habe, das sei schon echt Zucker. »Weißt du, Lio«, würde der Soziologe sagen, »die Sentimentalität gegenüber dem Vergangenen und die Liebe für das Gegenwärtige können nebeneinander existieren«, und natürlich würde ich das wissen, ich war ja nicht blöd, aber konnte er damit nicht seine Schönwetterdaddyfreunde volllabern und nicht Schlechtwettermummys wie mich, die maximal neunzig Minuten am Stück schliefen, bevor ihnen wieder jemand die Nippel abzubeißen versuchte?

Und könnten wir uns das überhaupt leisten? Kinderwagen kosteten unter Umständen so viel wie Kleinwagen, zumindest wenn man etwas auf sich hielt, was Max zu allem Unglück tat. Unser monatliches Einkommen war ein Witz, gemessen an Max' Ansprüchen, der einzige Dad Joke, der nicht lustig war. Wir hatten keine Rücklagen, nur Stühle aus Wiener Geflecht, vielleicht tauschten sie die im Drogeriemarkt gegen Windeln. Ich sah meinem Spiegelbild in die Augen, *Vater, Fotze, Kind,* das war Unsinn.

Max lief laut und beschwerlich durch die Wohnung, damit ich ihn ja nicht vergessen würde. Ich musste kurz überlegen, warum ich hier und er draußen war, ach ja, er hatte versucht, mich zu reparieren, und dachte, das sei mit ein bisschen Händchenhalten und In-den-Spiegel-Glotzen getan. Ich kletterte vom Badewannenrand.

»Ob du's glaubst oder nicht, nicht alle sind so unkompliziert wie du«, rief ich. »Übrigens: Lotti muss gefüttert werden!«

»Ich liebe dich nicht wegen deiner Unkompliziertheit! Übrigens: Habe ich längst gemacht.«

Ich wusste, dass Max jetzt an der Tür lehnte und sich für den verständnisvollsten Freund der Welt hielt. Am meisten nervte er mich, wenn er ruhig und gefasst blieb, während ich durchdrehte. Gleich würde ich aufschließen, er würde zögernd hereinkommen, sich neben mich auf den Teppich legen und uns einreden, dass wir auf einem guten Weg waren. So wie immer.

18

Meine Mutter stand im Halbdunkel vor dem Spiegel im Bad. Ihr Gesicht war gerötet. In der linken Hand hielt sie ihre Brille, in der rechten einen Waschlappen, mit dem sie sich fast sekündlich die Tränen abtupfte, um schnell wieder gesellschaftsfähig zu sein. Ihre Lippen bebten nicht, sie atmete ruhig. Es war ein geräuschloses, diszipliniertes Weinen. Ihr Anblick tat mir weh. Meine Mutter hatte stark, kalt und böse zu sein. Nicht traurig. Als ich mich umdrehte und gehen wollte, knarrten die Dielen im Flur.

»Lio?«, fragte sie.

»Ja.«

»Egal, wie viel dein Vater und ich arbeiten, es ist nie genug. Wir sitzen jeden Monat aufs Neue da wie Deppen.«

Sie spielte auf meine anstehende Klassenfahrt an, für die meine Lehrerin mehr Geld einsammeln wollte, als wir hatten.

»Es gibt eine Kasse für die Schüler, deren Eltern sich das nicht leisten können«, sagte ich. Der Hinweis stand klein und kursiv auf der Elterninformation.

»So weit kommt's noch!«, fuhr meine Mutter mich an.

So weit kam es noch, dass irgendjemand erfahren würde, dass wir gar nicht so steinreich waren, wie wir aussahen.

»Ich wünschte, ich hätte dich nie geboren.«

Es war eine Feststellung, mehr an sie selbst als an mich gerichtet. Der Inhalt überraschte mich weniger als die Tatsache, dass meine Mutter mir Einblick in ihr Gefühlsleben gewährte.

Ich hatte keine Ahnung, wer meine Mutter war, wenn ich nicht dabei war. Wenn ich sie in der Kirche oder auf der Straße mit anderen Menschen sprechen sah, war sie freundlich, aber nie überschwänglich oder gelöst. Wenn sich ihr Gesicht aufhellte, dann nicht, weil ich eine gute Note geschrieben oder mein Zimmer aufgeräumt hatte, sondern weil sie mit anderen Frauen tratschte. *Martina ist fremdgegangen, und zwar mit dem Klavierlehrer der Tochter, hast du gehört, dass Jürgen seine Frau in der Einfahrt geschlagen hat, weil sie den Autospiegel abgefahren hat, und Familie Müller war schon wieder bei der Bank!* Das Leben meiner Mutter und ihrer Freundinnen, die sie nie so nannte, war ein Tanz auf rohen Eiern und Leichen im Keller. Wie lange konnte man sich in diesen Kreisen bewegen, bis ein Ei brach oder jemand die Taschenlampe anknipste?

An ihren freundlichen Tagen behandelte meine Mutter mich wie eine Verbündete, die über das Unglück, das mein Leben war, Bescheid wusste.

Seit ich denken konnte, hatte ich versucht, ihr so wenige Sorgen wie möglich zu bereiten. Ich wollte sie umstimmen, besser spät als nie. Ich machte meinen Mund nur auf, wenn meine Mutter mich etwas fragte. Ich ging fast panisch sorgsam mit meiner Kleidung und den Dingen in der Wohnung um, damit nichts kaputtging. Ich brach mir bis auf einmal keine Knochen. Ich war leise, unauffällig und höflich. Aber egal, was ich tat oder nicht tat, ob ich mich im Haushalt verausgabte oder faul herumhing, meine Mutter änderte ihre Meinung nie. Es war fast so, als hätte ihr Verhalten nichts mit mir zu tun.

19

SSW 7

Das Herz fängt jetzt an zu schlagen und beschleunigt auf bis zu 120 Schläge pro Minute. Der Embryo ist bis zu 10 Millimeter groß und hat damit die Größe einer Heidelbeere. Sein Gesicht beginnt sich zu bilden. Die Kopfregion wächst überproportional, weil sich das Gehirn schneller entwickelt als der Rest des Körpers. Auch Arme und Beine entstehen nun: Die Armknospen sehen aus wie kleine Paddel, die Beinknospen sind flossenförmig. Die Geschlechtsorgane sortieren sich.

»Lo-tti, Lo-tti, Loooooo-ttiiiiiii!«, schrie ich panisch und rannte durch den Park.

Der Hund war verschwunden. Als ich das Gelände einmal abgelaufen und immer noch keine Spur von ihr hatte, rief ich Max an. Und dann noch mal. Beim dritten Versuch hob er ab.

»Was ist denn? Ich bin mitten …«

»Du musst sofort kommen, Lotti ist weg.«

»Wie, weg?«

»Komm einfach!«

Zwanzig Minuten später war er da.

»Hast du sie?«, fragte er, als er auf mich zulief.

»Natürlich nicht.«

»Wie ist das passiert?«

»Ich habe ihr Stöckchen geworfen, und sie wollte immer weiterspielen. Beim letzten Mal kam sie nicht zurück. Ich hab sie schon überall gesucht.«

»Das darf nicht wahr sein!«

Max war außer sich und fluchte ununterbrochen.

Zwei Stunden lang fuhren wir durch die Stadt, brüllten abwechselnd ihren Namen zum Fenster hinaus, nichts, wir fuhren nach Hause, druckten diese Hund-entlaufen-Poster aus, allein wegen des Risikos, irgendwann so ein Poster aufhängen zu müssen, sollte man sich keinen Hund zulegen, wie sollten wir das nur Benjamin erklären, dann fuhren wir noch eine Runde und hängten die Plakate auf.

Als es dämmerte, rief nur noch ich Lottis Namen, Max musste seine Stimme für den nächsten Tag schonen, und dann versagte auch meine.

»Wir müssen Benjamin Bescheid geben«, sagte ich.

»Wo bringt man einen Hund hin, den man auf der Straße gefunden hat?«, fragte Max im Gegenzug.

»Lotti klaut man, weil sie so süß ist.«

»Ich warte schon den ganzen Abend darauf, dass von dir irgendein sinnvoller Beitrag kommt.«

»Wir schaffen es nicht mal, auf einen Hund aufzupassen«, sagte ich leise.

»*Du* schaffst es nicht mal, auf einen Hund aufzupassen.«

»Halt an und lass mich raus.«

Ich öffnete die Tür, bevor sein Auto zum Stehen gekommen war, und stieg aus. Max schüttelte den Kopf und fuhr mit quietschenden Reifen davon.

»Fick dich«, flüsterte ich.

Ich telefonierte alle Tierheime und Polizeiwachen in der Nähe ab und sammelte ein »Tut mir leid« nach dem anderen ein. Dann fragte ein Polizist, welche Farbe Lottis Fell habe.

»Goldbraun«, sagte ich. »Sie heißt Lotti.«

»Die Dame haben wir hier. Ist sehr zutraulich!«

»Oh Gott. Danke!«

»Meines Wissens hatte Gott nichts damit zu tun, aber ich gebe Ihnen gern den Namen der Finderin. Dann können Sie sich bei ihr bedanken.«

»Darf ich direkt vorbeikommen?«

»Unbedingt. Sonst bringe ich Lotti meiner Frau mit. Die liebt Hunde!«

»Bitte nicht. Bis gleich!«

Ich nahm mir ein Taxi zur Polizeiwache, rannte die Treppe hoch und stammelte irgendetwas mit »Hund« und »Telefon«. Zehn Sekunden später raste Lotti schwanzwedelnd auf mich zu. Ich vergrub mein Gesicht in ihrem Fell und entschuldigte mich so leise, dass nur sie es hören konnte.

»Lotti ist toll! Wir sind Fans!«, sagte der Kommissar, mit dem ich telefoniert hatte.

»Ich weiß gar nicht, wie ich Ihnen danken soll.«

»Ach, die meisten Hunde tauchen irgendwann wieder auf. Die sind schlauer, als wir denken.«

Lotti freute sich über die Aufmerksamkeit und wedelte immer noch mit dem Schwanz. Ich bedankte mich noch zehnmal und ließ mir die Kontaktdaten der Frau geben, die sie gefunden und nicht behalten hatte.

Zurück auf der Straße hielt ich Lotti fest im Arm und rief Max an.

»Hast du sie?«, fragte er.

»Ja.«

Max begann zu schluchzen.

»Es tut mir leid«, sagte ich.

Als er vor der Wache hielt, sprang er aus dem Auto und rannte auf uns zu; Lotti hatte es sich inzwischen in meinem Schoß gemütlich gemacht. Max inspizierte ihr Fell und nahm ihren Kopf in die Hand.

»Bis heute wusste ich nicht, was Sorgen sind«, sagte er und schaute mir zum ersten Mal in die Augen.

Mir ging es ähnlich. Max setzte sich neben uns auf den Bürgersteig und nahm mich in den Arm. Ich blieb steif sitzen.

»Lio, ich war ein Arsch.«

»Ich habe das nicht absichtlich gemacht.«

»Sorry. Ich weiß.«

»Würde es dir auch leidtun, wenn wir sie nicht wiedergefunden hätten?«

Er schwieg.

»Komm, wir fahren nach Hause. Genug Auslauf hatte die Kleine ja.«

Zu Hause gab Max Lotti eine Extraportion Futter. Ich ging noch einmal um den Block und sammelte die Zettel mit ihrem Foto wieder ein.

Mitten in der Nacht wachte ich auf. Max saß am Bettende und hielt Lotti in seinen Armen. Anstatt mich zu ihnen zu kuscheln, blieb ich reglos liegen.

Wer sein Herz an ein Lebewesen hängt, kann nur verlieren, dachte ich.

»Wer nicht feiert, hat verloren«, lallte Max und hielt sich am Türrahmen fest.

Sein weißes Jackett war voller Flecken, und die oberen vier Knöpfe seines Hemdes standen offen.

»Glaubst du eigentlich an das Konstrukt Monogamie?«

Er lehnte sich an die Wand, knöpfte sein Hemd bis zum Bauchnabel auf und fühlte sich offensichtlich unwiderstehlich.

Max war so laut durch die Wohnung gepoltert, dass ich irgendwann aufgestanden war und ihn gebeten hatte, leiser zu machen.

»Ist es nicht deprimierend, bis zum Ende des Lebens mit nur einer Person Sex zu haben?«, fragte er weiter, anstatt sich unter die Dusche zu stellen und seine Zähne zu putzen.

»Willst du mir sagen, das hier ist ein Gefängnis und du willst raus?«

Lotti kam schwanzwedelnd in die Küche und schaute uns erwartungsvoll an. Eine versoffen aufgeführte Daily Soap war offenbar besser als gar keine Unterhaltung.

»Schsch.«

Ich trug sie in ihr Körbchen im Schlafzimmer, streichelte sie so lange, bis sie zufrieden seufzte, und schloss die Tür hinter mir.

»Hörst du mir zu?« Max, der blendender Laune war, wurde langsam ungeduldig.

»Wer hat von ›für immer‹ geredet? Du kannst jederzeit gehen.«

Ich zeigte auf die Wohnungstür.

Diese Art von Unterhaltung hatte ich in meinem Kopf unzählige Male durchgespielt.

»Nimm das doch nicht persönlich. Ich meine nur, dass mir ein bisschen Abwechslung gefallen würde. Wir könnten es doch mal ausprobieren.«

Ich lachte.

»Wie soll ich das nicht persönlich nehmen? Du willst mal wieder so richtig durchgenommen werden, und deine langweilige Alte, die nie dabei ist, wenn du Spaß hast, ist dafür ungeeignet, habe ich recht?«

»Fragst du dich nicht manchmal, wie es wäre, mit jemand anderem zu schlafen?«

Ich lachte wieder. Es war Zumutung genug, mit einer Person zu schlafen.

»Du wolltest diese Beziehung, du wolltest mit mir zusammenziehen, und jetzt ist dir das zu spießig? Wie kannst du es wagen, hier so aufzukreuzen!«

Für den Bruchteil einer Sekunde dachte ich an Max' Kind in meinem Bauch, an seinen Kopf, der vollständig entwickelt war, an sein Herz, das schon schlug und das uns möglicherweise streiten hörte.

Wenn Kinder Kinder kriegen.

»Beruhig dich. Ich wollte nur meine Gedanken mit dir teilen. Das ist mir zu dumm.«

Kurze Ausraster, die Max Gedanken nannte, waren eine Begleiterscheinung unserer Winter. Max blies sie regelmäßig vor mir auf, lud sie theatralisch ab und schlief dann den Schlaf der Ungerechten. Am nächsten Morgen hatte er einen Kater und ich seine *Gedanken* im Kopf.

»Weißt du, was mir zu dumm ist?«, fragte ich. »Allein ins Bett zu gehen und nicht zu wissen, ob du am nächsten Morgen neben mir liegst.«

»Das ist unter deiner Würde.«

»Unter meiner?«, schrie ich. »Du machst mich kaputt.«

»Du warst schon vor mir kaputt.«

»Stilvoll! Ganz im Gegensatz zu dir, der es nicht hinkriegt, eine Pille am Tag zu schlucken.«

Plötzlich überkam mich das dringende Bedürfnis, mich und das Kind an Max zu ketten, als wären wir zwei Äffchen, die sich nicht selbst beschützen konnten. Ich umarmte Max und legte meinen Zeigefinger auf seine Lippen, wissend, dass das der Anfang vom Ende war. Ich drückte meine Brust gegen seine, er hielt dagegen, Kräftemessen, wir krachten gegen den Küchentisch, er lachte und schob die Gläser und Tassen hinunter, ich griff nach der vollen Blumenvase und schmiss sie auf den Boden, Max stöhnte und drückte meine Nippel zusammen, ich schlug ihn mit der flachen Hand auf die Wange, Gleichstand, er presste seine Finger in meine Pobacken, ich stieß ihn Richtung Wand, einen, zwei, drei Schritte über die Scherben, Max drückte meine Schultern nach unten, damit unsere Socken gleichermaßen blutig sein würden, dann hob er mich hoch und warf sich mit mir gegen die geschlossene Tür, ich zog an seinen Haaren und er an meinen, wir bissen, kratzten und liebkosten jeden Quadratzentimeter Haut, so viel Zeit hatten wir uns lange nicht mehr füreinander genommen, Berührungen setzten Oxytocin frei, Berührungen waren lauter als Gedanken, Berührungen zogen Beziehungen künstlich in die Länge.

Als wir müde waren, trug Max mich in unser Bett, und wir schliefen nebeneinander ein, wie glückliche, monogame Paare das für gewöhnlich taten.

20

Mein Vater war kein Alkoholiker, denn während der Fastenzeit trank er nicht. Das restliche Jahr über setzte er sich nach dem Abendessen regelmäßig in wechselnde Kneipen, damit niemand mitbekam, wie viel und wie oft er trank. Wenn er nicht schlafen konnte, war es nicht genug gewesen. Mein Vater ging dann ins Wohnzimmer und bediente sich an den Karaffen, die nie leer wurden. Die meisten Menschen hätten Jahre gebraucht, um die vielen Kisten Rotwein, die sich in unserem Keller stapelten, wegzutrinken. Er schaffte das in wenigen Wochen.

Wenn mein Vater nachts auf der Suche nach dem Lichtschalter durch die Wohnung polterte, hätte ich mich manchmal gern zu ihm gesellt und ihm und mir ein großzügiges Glas eingeschenkt, damit er das nicht allein machen musste. Ich war doch sowieso meistens wach. Wir hätten uns in Rage getrunken und mit Teppichklopfern, Federballschlägern und Holzlöffeln alles zusammengeschlagen, was unser beider Leben ruiniert hatte, *Prost, auf unsere einzige Gemeinsamkeit*. Ich hätte gern das hässliche, unbenutzte Hochzeitsporzellan meiner Eltern an die Wand geschmettert und meinem Vater geholfen, seine lieben Flaschen leer zu trinken, ich hätte gern so viel vertragen wie er, vielleicht hätte ihn das beeindruckt, aber so einer war er eigentlich nicht. Ich hätte die einfach verglasten Fenster aufgerissen und den Linsensuppen-Fluss angeschrien, als könnte er irgendetwas für alles, dabei war er nichts als eine kilometerlange Projektionsfläche. Wenn der Rausch nachlassen würde, würden wir auf den Wohnzimmerboden fallen, den Blick über die Trümmer schweifen lassen und zufrieden lächeln. Ich würde ihn zum ersten Mal nicht »Vater«, sondern »Papa« nennen, er würde mir wie ein Gefühlsdusel über die Haare streichen und fragen, wie mein Tag war, ich würde sagen *Gut* und plötzlich wissen, wie man Gefühle artikulierte, und dann kämen alle auf einmal raus. Anstatt sich abzuwenden, würde er mich in den Arm nehmen, und ich würde um mich schlagen, weil ich nicht wüsste, wie man mit Umarmungen umging, *aber bitte halt mich trotzdem fest, sonst falle ich tot um,* wenn sich Alkohol nur ein bisschen so anfühlte wie das hier, verstand ich alles.

Papa, wollen wir abhauen?, würde ich fragen, *Gern, Lio-Schatz*, würde er sagen, nur, dass sein Kosename viel zärtlicher wäre, ich wusste nicht, welche Buchstaben den Namen Lio weicher machen könnten. *Du brauchst nur deine Zahnbürste. Unterwegs kümmern wir uns um den Rest.*

Auf der Fahrt in seinem weißen Peugeot würde ich ihn fragen, was seine liebste Süßigkeit war, wie der Name seiner ersten Liebe und ob sie schön war. Ich würde ihn fragen, ob er nach der Beerdigung seines Vaters jemals wieder geweint hatte. Der frühe Tod meines Großvaters hatte sein ganzes Leben zerstört. Mein Vater trug mehr Schmerz in sich als alle Menschen, die ich kannte.

Wie war das für dich, als ich geboren wurde? Weißt du,

welches mein erstes Wort war? Hast du mich anders behandelt, wenn Mutter nicht im Raum war? Bereust du es, ein Kind gezeugt zu haben? Hättest du gerne studiert? Wo würdest du morgen hinfliegen, wenn Geld keine Rolle spielen würde? Was isst du mittags in der Fabrik? In welchem Schulfach warst du so schlecht wie ich in Deutsch? Welcher Mensch wärst du ohne Mutter? Sind dir die Weinkisten im Keller wichtiger als ich?

Wir dürften uns abwechselnd einen Radiosender aussuchen und würden dann schnell feststellen, dass wir denselben Musikgeschmack hatten und uns die Herumdrückerei sparen konnten. Simon and Garfunkel, Bob Dylan und Cat Stevens, Altherrenmusik, die zu schön war, um sie nicht zu hören. Wenn unsere Mägen knurrten, würden wir bei McDonald's vorbeifahren und Stunden später bei Burger King. Unsere Gesichter wären irgendwann sonnengebräunt, von seinen Falten wären allenfalls Lachfalten übrig, die tiefe Furche in der Mitte seiner Stirn nur noch eine feine Linie.

Nach ein paar Wochen wäre ich ein »Papa-Kind«, ich wäre die Tochter meines Vaters, und wir würden alles Verpasste aus sechzehn und einundvierzig Jahren mit einer Geschwindigkeit von 130 Stundenkilometern aufholen.

21

SSW 8

Langsam richten sich Rumpf und Hals des Embryos auf. Auch Augen und Ohren bilden sich weiter aus. In der Fruchtwasserblase befinden sich jetzt wenige Millimeter Fruchtwasser, die den Embryo vor Stößen, Lärm und Druck schützen. Bis zur Geburt steigt das Volumen auf ungefähr einen Liter. Der Embryo ist jetzt zwischen 9 und 16 Millimetern groß, etwa wie eine Himbeere.

Immer, wenn das explodiert war, was sich wochen- oder monatelang angestaut hatte, brauchten Max und ich mehrere Tage, um uns davon zu erholen. Dann nahmen wir uns in den Arm und sagten »Was war das denn« und »Da kam ja einiges raus«, als wären es zwei andere gewesen, die sich hasserfüllt angebrüllt hatten, und wir nur zwei unbeteiligte, aber besorgte Zaungäste.

Nach einer Woche, in der ich schlecht geschlafen, schlecht geträumt und schlecht gearbeitet hatte, fuhren wir zu Benjamin, um Lotti nach Hause zu bringen. Max wollte die Gelegenheit nutzen, um mal wieder mit seinem ältesten Freund feiern zu gehen. Ich wollte die Gelegenheit nutzen, um ihm zu beweisen, wie *normal* alles war, obwohl Max dafür keinen Beweis brauchte, es war ja alles normal.

Er hatte sich bisher nicht darüber gewundert, dass ich in den letzten Wochen keinen Alkohol getrunken hatte. Er kannte die Phasen, in denen ich nach langen Tagen im Labor ins Bett fiel und keine Lust mehr auf Gesellschaft hatte.

Als wir auf der Autobahn waren, bekam ich Schüttelfrost und Fieber. Und eine Nachricht von Mariam.

»Sagst du's ihm am Wochenende? Sonst tu ich's. Kuss.«

Ich schickte ein rotes Herz zurück.

Von Max' Monogamie-Panik wollte ich ihr nicht erzählen, weil sie die auch hatte. Mariam und Elias redeten immer wieder darüber, ihre Beziehung eventuell zu öffnen. Sie fanden es heiß, sich darüber auszutauschen, wer was an einer bestimmten Frau mochte. Mariams Bedürfnis, sich auch mit Frauen zu treffen, war kein Zeichen dafür, dass es mit Elias nicht lief oder dass ein Vakuum gefüllt werden musste. Ihr ging es darum, wie Frauen die Welt sahen, um ihre Sinnlichkeit und all die Dinge, die man ihnen nicht erklären musste. Und vielleicht ein bisschen um Brüste. Wenn Mariam über offene Beziehungen sprach, verstand ich nicht, warum nicht die ganze Welt offene Beziehungen führte. Wenn Max über offene Beziehungen sprach, wollte ich, dass er sich umgehend aus meinem Leben verpisste.

»Versuch zu schlafen, dann bist du morgen wieder fit«, sagte Max und klopfte auf meinen Oberschenkel, als säße ein störrisches Pferd neben ihm.

Ich stellte die Rückenlehne zurück, deckte mich mit meinem Schal zu und versuchte, gleichmäßig zu atmen. Benebelt von Heizungsluft, Dunkelheit und Max' Musik fiel ich in einen unruhigen Schlaf.

»Das ist doch kein Weltuntergang«, hörte ich Mariam sagen. »Natürlich fängt man nach ein paar Jahren Beziehung an, sich umzuschauen. Es wäre seltsam, wenn es anders wäre. Sieh es mal so: mehr Penisse für dich!«

»Was sagst du?«, fragte Max.

»Hm?« Ich schreckte hoch und wischte mir Spucke aus dem Mundwinkel.

»Lio, du bist ja richtig heiß.« Er hielt seine Hand auf meine Stirn.

»Deswegen bist du mit mir zusammen, oder?«

Er lächelte halbherzig.

»Ein bisschen Entspannung wird uns guttun.«

Unsere Vorstellungen von Entspannung klafften allerdings zunehmend auseinander: Max wollte saufen, ich schlafen. Hauptsache, unzurechnungsfähig.

Als wir später am Abend ankamen und nach einer halben Stunde einen Parkplatz gefunden hatten, blieben wir noch einen Moment im Auto sitzen und hörten das gerade laufende Lied zu Ende, wie wir es immer taten. Max zeigte auf zwei Männer, die tuschelnd und euphorisiert über die Straße liefen. Ihr Gang hatte etwas Kindliches, Federndes. Es musste sich um Junkies handeln, die auf der Suche nach Nachschub waren und das Zeitfenster auskosten wollten, bevor es unangenehm wurde.

»Sie haben nur ein Ziel. Alles andere ist egal«, sagte Max verträumt.

»Wie beneidenswert.«

»Irgendwie schon.«

Ich sah Max von der Seite an, der das tatsächlich ernst gemeint hatte.

Wir stiegen aus und gingen noch eine Runde mit Lotti spazieren, bevor wir bei Benjamin klingelten. Er wohnte im vierten Stock, was sich für mich anfühlte wie der hundertste. Nach zwei Etagen schnappte ich nach Luft und wischte mir pausenlos das Gesicht ab.

Benjamin öffnete die Tür, allgemeine Ekstase, vor allem seitens Lotti. Nach einer schnellen Umarmung schob ich mich auf die Toilette.

Ich wusste nicht, ob die Übelkeit etwas mit der Schwangerschaft zu tun hatte oder ob mein Körper mir mal wieder zu verstehen gab, dass er dringend wegwollte.

Auch, als ich mich mehrmals übergeben hatte und nur noch Galle kam, hörte mein Würgereiz nicht auf. Es war mir zu anstrengend, ständig vom Bett ins Bad und zurück zu wanken, deshalb blieb ich schließlich im Badezimmer sitzen und schlief in kurzen Intervallen an die Wand gelehnt.

Immer wieder wachte ich von Benjamins und Max' gedämpften Stimmen auf. Der Redeanteil meines Freundes lag bei neunzig Prozent. Die Stimmung wurde lauter und ausgelassener, bevor irgendwann die Tür ins Schloss fiel und ich endlich allein in der Wohnung war.

Ich riss alle Fenster auf und setzte mich auf den weißen Teppich im Wohnzimmer, der gemütlich aussah, aber an den Beinen kratzte. Lotti legte sich neben mich. Benjamin wohnte in drei sehr aufgeräumten Zimmern, wofür vermutlich eine Reinigungskraft sorgte. Die Möbel waren eine Mischung aus Alt und Neu, die er für geschmackvoll hielt. Alles an diesem Ort, seinem Extra-Zimmer, *man weiß ja nie,* und seinem indirekten Beleuchtungskonzept sah nach Altersvorsorge mit Risikostreuung, Fußballturnieren am Wochenende und vorsichtiger Familienplanung aus. Nach Routine, Beständigkeit, *eins nach dem anderen.*

Max passte nicht in diese Welt. Seit ich ihn kannte, hatte er versucht, Kombucha zu züchten, mit Pflanzenablegern zu dealen, Haferflocken zu perfektionieren, Filterkaffee auf ein neues Level zu heben, jeden Abend joggen zu gehen, seine Ernährung auf Keto umzustellen, Alkohol oder Zigaretten wegzulassen. Nichts davon hielt länger als zwei Wochen. Zuletzt war sehr viel Sauerteig aus sechs Einmachgläsern auf den Küchentisch gelaufen und dann im Müll gelandet.

In ein paar Jahren würde Max vielleicht der Mann sein, der um kurz vor Mitternacht allein am Tresen sitzen bliebe. Weil die Benjamins dieser Welt zu ihren Freund:innen »mussten«, oder schlimmer, wollten, anstatt wie früher bis zum Sonnenaufgang weiter durch die Kneipen zu ziehen. Je mehr er getrunken hätte, desto einschneidender würde ihm die Erkenntnis erscheinen: Er hatte den Absprung verpasst. Er war der einzige Clown, der das mit der ewigen Freiheit ernst gemeint hatte, der nicht in drei Jahren bei der Scheidungsanwältin sitzen wollte, weil im Alltags- und Kinderstress untergegangen war, dass man sich mal geliebt und ganz früher auch gemocht hatte.

Als ich aufwachte, schien die Sonne. Irgendwie hatte ich es in der Nacht doch noch ins Bett geschafft. Neben mir stand eine Kanne mit kaltem Tee, daneben lag ein aufgeschnittener Apfel. Max' halber Kofferinhalt lag auf dem Boden, er musste einige Outfits anprobiert und verworfen haben, bevor er sich für das richtige entschieden hatte. Lotti lag an meinem Fußende und sah interessiert auf, sobald ich mich bewegte, also streichelbereit war. Dann drehte sich der Schlüssel in der Haustür. Durch meine halb offen stehende Tür sah ich, wie Benjamin und Max hereinkamen, und hörte, wie sie sich stöhnend aufs Sofa fallen ließen. Sie machten den Fernseher an und holten wenig später Bierflaschen aus dem Kühlschrank, Prost.

»Schläft Lio noch?«, fragte Benjamin.

»Fuck«, flüsterte Max, der alte Romantiker, und stand Sekunden später an meinem Bett.

Er gab mir einen pflichtbewussten Kuss auf die Wange. Sein Atem roch, wie ich mich fühlte.

»Geht's dir besser?«

»Nicht so richtig.«

Er sah mich mit einer Enttäuschung an, die früher Sorge gewesen wäre.

Nachdem er die Tür wieder hinter sich geschlossen hatte, versuchte ich, mich aufzurichten, sackte zurück und nahm einen zweiten Anlauf. Ich kippte eine Tasse Tee hinunter, viel zu bitter, Max hatte bestimmt wieder vergessen, die Teebeutel rauszunehmen, und ging leise ins Bad, um Zähne zu putzen. Dann sammelte ich meine Sachen zusammen und wuschelte Lotti durchs Fell. Ich hatte es knappe zwölf Stunden in dieser Wohnung ausgehalten. Mariam hatte mehrfach versucht, mich anzurufen, und dann eine ihrer Sprachnachrichten in epischer Länge geschickt, die ich gerade nicht gebrauchen konnte. Im Wohnzimmer war es jetzt ruhig. Benjamin lag schlafend auf dem Sofa, Max war noch wach und lächelte mich schief an.

»Na, Sonnenschein?«

»Ich fahre mit dem Zug nach Hause, das hier wird nichts mehr.« Ich zeigte auf meinen grundlos eingezogenen Bauch und hob die Hand zum Abschied, als wären wir entfernte Bekannte. »Genießt das Wochenende.«

Max sah mich verblüfft an. Bevor er protestieren konnte, stand ich vor der Tür. Ich hätte mich vor dem Zellklumpen in meinem Bauch geschämt, wenn ich geblieben wäre. Immerhin war ich temporär zu zweit. Das sollten meine Entscheidungen auch widerspiegeln, fand ich.

Im Zug bekam ich eine Nachricht von Max.

»Alles okay?«

»Ja, habt Spaß!«, antwortete ich.

Danach herrschte Stille.

Nach sieben Stunden war ich endlich zu Hause. Ich zwängte mir zwei Scheiben Zwieback hinein, füllte eine Wärmflasche und legte mich ins Bett.

Mitten in der Nacht schreckte ich hoch, weil mein Handy klingelte. Es war Max.

»Lio, Scheiße, es tut mir leid. Ich habe was Dummes gemacht.«

Ich hakte dreimal nach, weil er keinen geraden Satz herausbrachte. Max hatte am Abend zuvor eine Frau kennengelernt, Nummern mit ihr getauscht und sie wiedergetroffen, während ich im Zug saß, zuerst in einer Bar und dann in ihrem Bett. Sie hätte sich auf der Stelle verliebt und sei »wie besessen« gewesen. Das habe ihm geschmeichelt. Irgendwann sei es ihm aber wie Schuppen von den Augen gefallen: Er hatte ja eine Freundin! Die Frau habe ihn trotz dieser Erkenntnis nicht gehen lassen wollen und sich zuerst an seine Beine und dann an die Motorhaube des Taxis geklammert, mit dem er fliehen wollte. Die Geschichte war so dermaßen erbärmlich und klang so dermaßen nach Max, dass ich ihm jedes Wort glaubte.

Ich lief mit der lauwarmen Wärmflasche in der einen und meinem Handy in der anderen Hand apathisch durch unsere Wohnung.

»Warum machst du nicht einfach Schluss, Max? Wenn dich das mit uns so unglücklich macht.«

»Weißt du, was mich wirklich unglücklich macht? Wie distanziert du in letzter Zeit bist. Ich komme gar nicht mehr an dich ran.«

Gib's mir, Schatz.

»Ich habe mich so auf das Wochenende gefreut und dachte, wir könnten endlich mal wieder zu alter Partygröße auffahren und den ganzen Erwachsenenkram loslassen.« Er lachte hilflos und suchte nach Worten. »Und dann warst du so komisch. Wolltest du überhaupt bei mir sein?«

»Ich bin krank, ja? Krank!«, rief ich.

Immer, wenn ich laut wurde, was bei Weitem nicht oft genug der Fall war, spürte ich, dass da noch viel mehr rauswollte. Manchmal musste ich mich zwingen aufzuhören. Jetzt nicht. Jetzt dachte ich an das Kind in meinem Bauch und wurde sofort ruhig.

Ich legte das Telefon auf den Küchentisch und stellte es auf Lautsprecher, damit ich beide Hände frei hatte, um meinen Bauch zu streicheln.

»Alles ist gut«, flüsterte ich so leise, dass Max es nicht hören konnte.

Ich setzte mich im Schneidersitz auf den Boden und zog mein T-Shirt aus. Noch nie hatte ich so große Brüste gesehen wie meine. Ich fühlte mich aufgedunsen, obwohl ich die letzten Tage so gut wie nichts gegessen hatte.

Max redete sich um Kopf und Kragen. Er mache es wieder gut, es bedeute nichts, er habe ihre Nummer gelöscht. Ach, dann war ja alles gut. Er verstand nicht, warum ich so ein Theater machte, nie.

»Ich vermisse die Lio, die ich kennengelernt habe. Die alte Lio«, sagte er.

Treffer, versenkt.

Ich ließ meinen Blick durch die Küche streifen, die wir letzten Winter gelb gestrichen hatten, in dem Glauben, dass der Farbton *Sunshine on a rainy day* unsere Beziehung retten könnte. Auf der Anrichte hatte Max seine halb volle Tasse mit dem Buchstaben M darauf stehen gelassen, daneben war Kaffeepulver verschüttet, sein Laptop war unter einem Papierstapel begraben, ganz oben eine To-do-Liste. Je nach Tagesstimmung war ich gerührt oder genervt davon, wie viel er sich vornahm und wie wenig er durchstrich.

Max vermisste die Fick-mich-Lio, die sofort gewusst hätte, dass seine romantischen Verwirrungen ein Symptom seiner Depression, allenfalls die Anfänge einer Midlife-Crisis und kein Drama waren. Er vermisste die Lio, die sich noch Mühe gegeben hatte, ihr wahres Ich zu verstecken. Die Lio, die es nie gegeben hatte.

»Respekt, dass du das so lange ausgehalten hast. Diese Beziehung hört sich echt schlimm an«, sagte ich.

»Dreh mir nicht …«

Ich drückte auf den roten Hörer und kratzte an meinen Unterschenkeln. Ich fing sanft an, als würde ich zeichnen, von unten nach oben, möglichst filigran. Dann erhöhte ich den Druck, Nägel auf Haut, immer schneller. Ich schloss die Augen. Das fühlte sich so gut an, ich wollte, dass jeder Mensch wenigstens einmal so fühlte. Nie liebte ich meinen Körper so sehr wie in den Momenten, in denen ich spürte, dass er lebte. Wenn alles blutete, war der Schmerz endlich weg.

Als Max zum fünften Mal anrief, hob ich ab.

»Es tut mir so leid«, sagte er.

»Alles bricht zusammen«, sagten die alte und die echte Lio im Chor.

»Ich bin da. Wir schaffen das. Was wir schon alles geschafft haben …« Max schluchzte.

Als wäre es in der Geschichte von Beziehungen jemals eine gute Idee gewesen zusammenzubleiben, um einander in Krisen beizustehen, die man ohne die andere Person nicht hätte.

»Lass uns schlafen gehen und am Telefon bleiben. Ich will dich atmen hören«, sagte Max.

Mit dem Atmen hatte ich Probleme. Mein Herz raste, und mein Unterleib kämpfte gegen sich selbst. Ich dachte abwechselnd »Hilfe, Hilfe, Hilfe« und »Wann hört das auf?«.

Die Regelmäßigkeit, mit der ich mir diese Frage stellte, hätte mir Halt geben können, wie eine alte Bekannte, die jede Woche auf einen Kaffee oder halt eine Machete vorbeikam, doch stattdessen war sie Teil der Antwort: nie. Das hier würde nie aufhören, egal, wie oft ich Stadt, Job oder Freund wechseln würde.

Ich erstickte, ertrank, verbrannte, explodierte, und nichts von all dem passierte wirklich. Am Ende saß ich regungslos auf Max' teurem Stuhl, mein Schlafanzug klatschnass, meine Beine blutig.

22

SSW 9

Von nun an wird der Embryo als Fötus bezeichnet. Arme und Beine entwickeln sich, sein Gesicht wird langsam erkennbar, zu dem sich drei Teile aus verschiedenen Richtungen zusammenfügen: Der obere Teil entwickelt sich aus dem Bereich des Vorderhirns, darauf sitzen die Anlagen für Augen und Nase. Darunter entsteht von links und rechts je ein Teil des Oberkiefers, der Unterkiefer kommt von unten dazu. In der Leber beginnt die Blutbildung. Der Fötus ist jetzt 16 bis 24 Millimeter lang und damit so groß wie eine Weintraube.

Der Saal hatte einen wandausfüllenden Ballettspiegel und bodentiefe Fenster, von denen man eine der lautesten Kreuzungen der Stadt überblicken konnte. Mariam rollte zwei Matten auf dem hellen Linoleumboden aus, startete ihre Yoga-Playlist und setzte sich im Lotussitz auf ihre Matte.

Neben Schule, Tennis und Malen hatte sie auf unerklärliche Weise auch noch die Zeit für eine Yogalehrerinnenausbildung gefunden. Jetzt wollte sie an mir üben, bevor sie ihre erste eigene Stunde geben würde. Ich rannte eigentlich lieber schnaufend, stöhnend und manchmal schreiend auf dem Tennisplatz auf und ab und hoffte, dass dieser Yoga-Exkurs eine Ausnahme bleiben würde.

»Marlene ist verlobt«, sagte sie plötzlich, während sie zwischen Kuh und Katze hin- und herwechselte.

»Was?!« Auch ich drückte meinen Rücken durch und wölbte ihn dann zu einem Buckel.

»Sie haben sogar einen Hashtag.«

»Mein Beileid.«

»Weißt du, was das Allerschlimmste ist?«

»Nein.«

»Ihre Verlobte sieht aus wie ich. Nur noch geiler.«

»Und dieses Mal hat sie Ja gesagt?«

Mariam schob sich durch die Kobra in den herabschauenden Hund.

»Ich hätte alles für sie gemacht. Ich hätte ihr den scheiß Regen gebogen, kleine Herbert-Referenz, musst du nicht verstehen.«

Ich rollte mit den Augen und versuchte, ihre Übungen nachzumachen.

»Die Frau ist eine Achterbahn als Mensch, und *I loved to ride her*. Ich spüre Marlenes Verachtung dafür, dass ich jetzt mit einem Mann zusammen bin, fast körperlich«, fuhr sie fort und streckte ein Bein hoch. »›Wusste ich doch, dass du nie wirklich auf Frauen standest‹, denkt sie sich.«

In einer fließenden Bewegung zog Mariam ihr Bein unter sich hindurch nach vorne und stellte den Fuß neben ihren Händen ab.

»Ich stehe gerade ständig vorm Spiegel und will mir die

Haare kurz schneiden, wie so ein Klischee, aber dann bringt meine Mutter mich um.«

Ich reckte mein Bein, verlor fast das Gleichgewicht und knallte mit dem Fuß auf die Matte.

»Marlene hat dich geliebt. Wie kann man dich nicht lieben?«, versicherte ich Mariam schnaufend. »Aber manchmal ist da so eine diffuse Ahnung, dass irgendwas nicht stimmt. Das muss noch nicht mal an der anderen Person liegen. Außerdem hat sie dir einen Gefallen getan. Hallo, Elias?!«

»Ja, ja. Verteidigst du Marlene etwa?«

»Ich glaube, ich verteidige mich selbst«, sagte ich leise.

»Interessant. Auf dich war sie übrigens eifersüchtig.«

»Witzig.«

»Das war noch die Phase, in der ich dachte, ich kriege dich vielleicht rum«, sagte Mariam, richtete den Oberkörper auf und führte ihre Arme in einem großen Kreis über ihrem Kopf zusammen.

»Die Phase habe ich verpasst«, sagte ich und hampelte ihr hinterher.

»Das habe ich gemerkt.«

»Hält länger, wenn wir kein Paar sind.«

»Hey, das ist mein Spruch. So, jetzt bitte Konzentration!«

Als ich mich konzentrierte, merkte ich, dass sich meine Gliedmaßen anfühlten wie Gummi, der in alle Richtungen modelliert werden konnte. Als wir uns in eine Grätschposition setzten, zeigte ich auf meine Beine, die fast im Spagat auf dem Boden lagen.

»Hast du mich schon mal so gelenkig gesehen?«

»Scheiße, das hab ich total vergessen«, sagte Mariam erschrocken.

»Was denn?«

»Es kann passieren, dass man in den ersten Wochen einer Schwangerschaft flexibler ist als vorher. Oder sich flexibler fühlt, weil Muskeln, Bänder und Sehnen weicher werden und die Organe sich verschieben. Normalerweise fragt man am Anfang der Stunde, ob jemand einen Braten in der Röhre hat.«

»Frau Khalil muss heute leider ohne Yogaschein nach Hause gehen«, sagte ich.

Als wir eine Stunde später geduscht auf die Straße traten, fragte Mariam, ob wir noch eine Runde spazieren gehen wollten. Ich wusste, was das bedeutete.

»Ich hole noch kurz zwei Limos«, sagte ich statt einer Antwort und verschwand im Kiosk neben dem Yogastudio.

»Wie läuft's im Gewächshaus?«, fragte Mariam.

»Geht«, sagte ich.

Ich drückte ihr eine Rhabarberschorle in die Hand.

»Hast du dich schon entschieden?« Sie fragte das, als würde sie auf meine Pizza-Bestellung warten. Einmal Funghi zum Mitnehmen, bitte. »Ob du das Baby willst? Und wann du gedenkst, deinem Freund davon zu erzählen?«

Ich atmete schwer aus.

»Hey. Ich bin deine beste Freundin. Ich muss dich so was fragen dürfen. Ich weiß, alles ist kompliziert, und gerade kommt viel hoch. Aber willst du deshalb wirklich deine Beziehung gefährden?«

»Der Beratungstermin ist nächste Woche. Außerdem ist diese Beziehung schon gefährdet.«

»Das sagst du seit Jahren.«

»Dieses Mal ist es anders.«

»Dieses Mal fliegt alles in die Luft, wenn du nicht bald mit Max sprichst. Ich sage das mit Liebe.«

»Schieb dir deine Liebe in den Arsch«, sagte ich. »Sorry.«

»Keine Sorge, das mach ich oft genug.«

Meistens verfügte Mariam über genug Abstraktionsvermögen, um in entscheidenden Momenten zu verstehen, dass sie manches eben nicht verstehen konnte. Heute nicht.

»Lio, er hat ein Recht darauf, es zu erfahren.«

Ich hatte keine großen Erwartungen an das Leben, außer der, dass Probleme von allein weggehen sollten, und zwar ohne auf dem Weg nach draußen zu pöbeln. Seit knapp zwei Monaten wartete ich vergeblich darauf, dass sich von irgendwoher ein Schleichweg auftun würde, der mir eine Konfrontation und unnötiges Drama ersparte. Ich dachte etwa an ein lukratives Angebot aus dem Ausland, wo meine eigentlich durchschnittliche Expertise unverzüglich gebraucht würde.

»Würdest du mich bitte ernst nehmen? Du hast dir deine Meinung doch längst gebildet. Böse Lio, armer Max! Stell dich mal nicht so an! Du musst neun Monate fest dran glauben und dann nur noch ein dreieinhalb Kilo schweres Stück Fleisch aus dir rausdrücken, dann bist du nicht nur Mutter, sondern direkt auch eine gute! Zack, fertig! Weißt du was? Das Risiko, dass ich auch nur ansatzweise so werden könnte wie meine eigene Mutter, ist das effektivste Verhütungsmittel der Welt.«

»Vielleicht solltest du es künftig lieber wieder mit Kondomen versuchen.« Mariam sah mich prüfend an, ob das einer zu viel war.

»Geschmacklos, aber wahr.«

»Und jetzt?«, fragte sie nach einer kurzen Pause.

»Was willst du? Mich überreden, das Kind zu bekommen? Das ist weder deine noch Max' Entscheidung.«

Eine Geburt machte im schlimmsten Fall zwei Menschen das Leben zur Hölle. Wer wusste das besser als ich?

Mariam stöhnte auf.

»Eine eigene Familie kann so viel heilen und die Geschichte komplett umschreiben.«

»Das dachten meine Eltern auch mal kurz.«

»Du bist das Gegenteil deiner Eltern.«

Das stimmte nicht. Dort, wo ich aufgewachsen war, wurden zwar weder volle Bankkonten noch Immobilien vererbt, aber das war nicht weiter schlimm, denn die nächste Generation freute sich auch über ideelle Schätze – zum Beispiel die Veranlagung zu Depressionen, zum Saufen, zu Bluthochdruck, zum Schweigen, zu Wutanfällen und zu diesem einen Gedanken, der nur einmal zum falschen Zeitpunkt aufblitzen musste: Wenn ich jetzt zuschlage, wird diese Welt mich endlich gerecht behandeln und bereuen, dass sie es so lange nicht getan hat, wenn ich jetzt zuschlage, muss zur Abwechslung mal jemand anderes den Schmerz fühlen, mit dem ich jeden Tag und jede Nacht allein bin, wenn ich jetzt zuschlage, scheint die Sonne für immer, und nichts wird je wieder wehtun, wenn ich jetzt zuschlage, wird alles gut.

Diesen Gedanken in der Mitte abzuwürgen oder ihn zu denken und nicht zuzuschlagen war rührend; ich konnte mir jeden Tag dafür gratulieren, wie sehr ich mich emanzipiert hatte. Dass ich es bisher geschafft hatte, diesem Gedanken nicht nachzugeben, bedeutete nichts. Irgendwann würde meine Hand *ausrutschen* – als wäre dieser *Ausrutscher* nicht die unabwendbare Folge der jahrzehntealten Meinungsverschiedenheit zwischen meinen beiden Polen: wer ich war und wer ich gerne wäre.

Gewalt war ansteckend. Eine Berührung reichte zur Übertragung.

Wie konnte irgendjemand, der dort aufgewachsen war, wo ich herkam, guten Gewissens Kinder bekommen?

23

SSW 10

Mit 30 Millimetern hat der Fötus inzwischen die Größe einer Erdbeere. Lippen, Nase und Augenlider sind klar erkennbar, die Füße sind im Vergleich zu den Händen nicht sehr ausgeprägt, weil er sich von oben nach unten entwickelt. Seine Sinne werden schärfer, und er macht erste Bewegungen, die die Mutter noch nicht spüren kann.

Draußen war Juni, in unserer Wohnung herrschte November.

Max kam ständig zu mir, um mich zu umarmen. Er schlang seine Arme fast gewaltsam fest um meine Schultern und fuhr mit den Daumen über meine Augenringe.

»Mein Zuhause«, flüsterte er.

Ich wusste nicht, ob das eine Tatsachenbehauptung oder Überzeugungsarbeit war.

Abends, wenn ich aus dem Labor nach Hause kam, hatte er für uns gekocht, Zitronen-Basilikum-Pasta oder gegrillte Zucchini mit Joghurtsauce und Safranbutter, Essen, das zu viel wollte. Max zuliebe aß ich alles auf und hatte bei jedem Bissen Angst, dass es postwendend wieder herauskommen würde.

»Ich will Schnee sehen, bist du dabei?«, fragte Max eines Abends, als wir ausnahmsweise zur gleichen Zeit im Bett lagen.

»Du willst schon wieder wegfahren?«

»Komm, wir machen es uns in den Bergen gemütlich. Ich zahle alles«, sagte er, ohne meine Frage zu beantworten.

Ich hatte eigentlich keine Zeit, ein weiteres Wochenende an einem anderen Ort als im Labor zu verbringen. In einem Monat stand in meiner Gruppe die nächste Veröffentlichung an, und bis jetzt hatte ich noch keine Ergebnisse vorzuweisen, die die Welt nicht schon hundertmal gesehen hatte.

»Klingt gut«, sagte ich müde und knipste das Licht aus.

Max fuhr Auto wie andere Leute Achterbahn: voller Adrenalin, überdreht und ein bisschen lebensmüde. Ständig reizte er irgendeinen Gang aus. Heute jedoch lag eine fast bedächtige Stimmung in der Luft. Aus den Boxen drang leise Klaviermusik. Wann immer wir stehen blieben, an einer Ampel, einer Tankstelle oder auf einem Rastplatz, gab er mir einen kurzen Kuss auf den Mund. Irgendwann vertiefte ich mich in die zehn Jahre alte Wanderkarte aus Max' Beifahrertür, um nicht länger gespielt fasziniert auf graue Landschaften, blaue Schilder und schwarze SUVs starren zu müssen.

Wir fuhren einige Ausfahrten vor unserem Ziel von der Autobahn ab, damit wir die Berge früher sehen würden. Max öffnete die Fenster einen Spalt und atmete theatralisch ein. Ich lehnte meinen Kopf an die Stütze und drehte mich zu ihm. Seine dichten Wimpern, die Bartstoppeln, die Lachfältchen, deren Anzahl sich in den letzten Jahren verdoppelt hatte, und der Haarschnitt, der etwas misslungen war. Sein Friseur hatte im Nacken zu viel ausrasiert, was mir nie aufgefallen wäre, wenn er es nicht gesagt hätte. Ich strich über Max' Wange und erschrak, weil ich ihn schon lange nicht mehr bewusst berührt hatte.

»Glaubst du, wir würden einander umbringen, wenn wir einen Sommer lang in so einer Hütte hausen würden?« Er zeigte auf eine Holzhütte, die auch aus der Ferne mehr nach Geräteschuppen als nach Sommerresidenz aussah. »Oder das Gegenteil?«

»Was ist denn das Gegenteil von Umbringen?«

Er dachte nach.

»Wenn wir schwanger werden würden.«

Ich schnappte nach Luft.

»Und dann wären alle unsere Probleme einfach weg?«, fragte ich.

»Vielleicht wären unsere neuen Probleme süßer als die alten. Irgendwann stresst es uns dann, wenn unser Kind keine Gymnasium-Empfehlung bekommt oder beruflich nicht so erfolgreich wird wie der Vater«, sagte Max ironisch.

Während ich in meinen Gedanken nie über die Schwangerschaft und die ersten Jahre mit Baby und Kleinkind hinausgekommen war, dachte Max direkt an das große Ganze, an die Jahre und Jahrzehnte, die man ein Kind im Leben begleitete. Kinder stellten dumme oder schlaue Fragen, je nachdem, ob man die Biologin oder den Soziologen fragte, Kinder legten wenig Wert auf Erwartungen und viel auf Plastik, Lichtschalter und Züge, Kinder brauchten bei allem Hilfe, und wenn sie die nicht mehr brauchten, brauchten ihre Eltern Hilfe. Irgendwann waren Kinder keine Kinder mehr, sondern Menschen, die ihrer Vergangenheit mit gemischten Gefühlen gegenüberstanden. Irgendwann waren Kinder Menschen mit Sorgen, manche schlimmer als andere, mit Träumen, manche realistischer als andere, und mit dem Glauben, alles besser als die Eltern machen zu können.

Ich bin schwanger waren drei Worte. Sie waren nicht sonderlich kompliziert. Man brauchte nur eine Sekunde, um sie auszusprechen.

»Klar bist du erfolgreich«, erwiderte ich stattdessen. »Ich habe letzte Woche keinen Rapper interviewt, den ich seit Jahren verehre. Und ich kriege auch keinen ganzen Tag für fünf Stunden Arbeit bezahlt.«

»War ja nur Spaß«, sagte Max.

»Ich muss mal.«

»Schon wieder?«

»Jetzt sofort.«

»Keine Ahnung, ob hier noch eine Tankstelle kommt.«

»Kannst du rechts ranfahren?«

»Ich will noch ein paar Jahre leben.«

Max beschleunigte, auch eine interessante Interpretation von Lebenswillen, und 187 Sekunden, zwei Ampeln und ein Industriegebiet später standen wir auf einem Waldweg. Ich stürzte aus der Tür, zog mir die Hose herunter und schloss genussvoll die Augen.

»What the fuck«, sagte ich mehr zu mir selbst als zu Max.

»Was?«, rief er aus dem geöffneten Fenster.

»Nicht gucken!«

»Ich komme sofort, Hase!«, flötete Max und sprang aus dem Auto.

Als er vor mir stand, lachte er so, wie ich ihn noch nie lachen gehört hatte. Er stützte sich auf die Windschutzscheibe, guckte auf mich, wie ich dahockte, und lachte immer lauter.

»Es gab mal eine Zeit, da hätte ich das fotografiert und Benjamin geschickt. Ein klassischer One Shot. Ist nur was für Profis.«

»Lass mich, ich heule gleich.«

»Was rausmuss, muss raus«, sagte Max. »Das ist ein Naturgesetz.«

Leider war es auch ein Naturgesetz, dass Lachanfälle ansteckend waren. Ich gab auf und hielt mir den Bauch vor Lachen. Sobald Max sich kurz beruhigte, steckte ich ihn wieder an und umgekehrt.

»Brauchst du Desinfektionsmittel oder Taschentücher?«, fragte er, als er kurz zu Atem kam.

»Gib alles.«

Max prustete wieder los.

»Hast du jetzt jeden Respekt vor mir verloren?«, fragte ich, als wir wieder im Auto saßen und er extra langsam fuhr, um auf etwaige Lachanfälle vorbereitet zu sein.

»Ich hatte nie so viel Respekt vor dir wie heute«, sagte Max kichernd.

Eine Stunde später stellten wir das Auto auf einem Parkplatz ab, schlüpften in Wanderschuhe und steckten Handschuhe und Mützen ein. Ein Skilift brachte uns in den Winter, obwohl wir da ja hergekommen waren. Oben auf dem Berg war es zehn Grad kälter, dafür standen wir in der

Sonne, und Max hatte endlich Schnee. Mit seiner Fellmütze sah er aus wie ein Schneehase, nämlich zum Anbeißen.

Als wir unseren Wanderweg gefunden hatten und losstapften, griff Max nach meiner Hand und drückte mir mit der anderen einen Schneeball ins Gesicht. Ich schrie auf und rannte, bis ich hinter einer Wegbiegung ankam und außerhalb seiner Sichtweite war. Blitzschnell formte ich zwei feste kleine Schneebälle und steckte sie in meine Manteltaschen. Als Max auf mich zukam, machte ich ein Alibi-Foto von ihm und seiner Mütze und umarmte ihn lange. Kurz bevor wir uns voneinander lösten, schob ich ihm einen der Schneebälle in den Nacken.

»Ich wusste es!«, rief er.

Max rannte in den Wald, griff in den Schnee und bewarf mich mit etlichen Schneebällen. Seine Trefferquote war schwach.

»Komm her, ich will kuscheln!«, rief er schließlich schwer atmend.

»Gibst du auf?«

Ich stapfte auf ihn zu und ließ ihn nicht aus den Augen. Kurz bevor ich bei ihm war, griff er in seine Tasche, aber ich war schneller und drückte ihn auf den Boden. Nach einem halbherzigen Kampf ergab er sich dem Schnee und zog mich auf sich.

»Du bist verlockend warm eingepackt.«

Max versuchte, meinen Hosenbund zu öffnen. Das war gerade keine gute Stelle. Ich packte seine Hände und drückte sie zusammen, sodass sein letzter Schneeball neben uns zerbröselte.

»Waffenruhe?«

»Gern, Hase«, sagte ich, richtete mich auf und warf den nächsten Ball. Er traf ihn mitten im Gesicht und färbte seine Wimpern, seinen Bart und seine Lippen weiß.

»Es wird bestimmt gleich dunkel«, sagte er erschöpft und nahm mich in den Arm.

»Okay, Frieden.«

Wir schüttelten den Schnee aus unseren Klamotten und begaben uns wieder auf den Pfad. Zwischendurch wurde das Tal von lautem Gejodel beschallt. Morgen würde hier ein Schlittenrennen stattfinden, und die Lautsprecher an den Bäumen sollten für die nötige Stimmung sorgen. Das erklärte uns ein älteres Paar, bevor es uns überholte.

»Ich hab noch eine Überraschung«, sagte Max, als wir pünktlich zur Dämmerung wieder am Auto waren.

»Aha?«

Als ich mich auf den Beifahrersitz setzte, überfiel mich eine Müdigkeit, gegen die ich machtlos war.

»Du wirst nie darauf kommen, wo wir heute Nacht schlafen!«

Max drehte die Heizung auf und fuhr los. Ich war binnen Sekunden eingeschlafen.

»Wir sind da«, flüsterte Max etwas später.

»Können wir nicht auf der Rückbank übernachten?«, murmelte ich.

»Mein Plan ist viel besser.«

Max packte unsere Sachen zusammen, half mir aus der Tür und schloss das Auto ab. Wir liefen durch den Garten eines Einfamilienhauses und blieben vor einem alten Zirkuswagen stehen. Der Wagen war mit Holz verkleidet und hell erleuchtet, vor seinen Fenstern hingen Efeustränge und Lichterketten. Auf der oberen Treppenstufe stand ein Blumentopf, aus dem Max einen Schlüssel herausholte. Er schloss die Tür auf und ließ mich eintreten. Im vorderen Teil des Wagens lagen kleine Teppiche auf dem Boden, an einem dunklen runden Tisch standen zwei gepolsterte Stühle, die Holzwände sahen frisch geölt aus, selbst genähte Vorhänge schmückten die Fenster. Der hintere Teil des Wagens bestand aus Bett: ein Kopfteil aus grünem Samt, zwei Decken mit rosa-weiß karierter Bettwäsche und fast ungemütlich viele Kissen.

»Wow«, sagte ich.

»Besser als die Rückbank, oder?«, fragte Max stolz.

Ich nickte.

Er küsste mich und schob mich Richtung Bett.

»Komm, ich will dir nahe sein«, sagte er.

Ich zog meine Klamotten aus und warf sie auf einen der Stühle.

»Was hast du denn an den Beinen?«

Max zeigte auf meine blutverkrusteten Unterschenkel. Ich hatte sie fast jede Nacht im Schlaf aufgekratzt und konnte mich morgens nicht daran erinnern. Da wir uns in letzter Zeit selten nackt gesehen hatten, hatte Max bisher nichts bemerkt.

»Neurodermitis.«

»Das sollte sich mal jemand anschauen. Ganz schön brutaler Anblick.«

»Halb so schlimm«, sagte ich und zog ihn zum Bett.

»Kannst du dich noch an unser erstes Mal erinnern?«, fragte Max, als wir bibbernd unter der Decke lagen. »Das war surreal.«

»Ehrlich?«, fragte ich. »Erzähl mal deine Version.«

»Deine ganze Art hat mich angemacht. Du hast dich so gut angefühlt.« Er ließ sich mit jedem Satz Zeit und fuhr mir mit dem Finger über den Hals. »Ich bin fast durchgedreht und habe gebetet, dass wir das ganz oft wiederholen.«

Wo lernte man, so angstfrei und beiläufig über seine intimsten Gedanken zu sprechen, und gab es da auch Abendkurse?

Max öffnete meinen BH und blies warme Luft in seine Hände.

»Als ich das erste Mal in dir war, warst du wie weggetreten und hattest einen Blick drauf, den ich immer noch vor mir sehe. Zuerst war ich irritiert, weil sich das angefühlt hat, als würde ich ...«

»... mit einer Bewusstlosen schlafen?«

»Das hätte ich anders formuliert, aber ja. Weißt du noch, wo du warst? Im Kopf?«

In dem Moment wusste ich, dass Max nicht aufhören würde, mich zu streicheln, egal, was ich gleich sagen würde, und fragte mich, warum das nicht genug war.

»Ich hatte Angst«, sagte ich.

Er kuschelte sich an meinen Rücken.

»Ich war in einem Tunnel«, fuhr ich fort. »Keine Ahnung, ob es Tag oder Nacht war, es war kalt und dunkel, ich habe mich an die Wand gedrückt, um dem Zug auszuweichen. Das Warten auf ihn war schlimmer, als die Lichter zu sehen.«

Wichtige Gespräche fingen Max und ich oft nur an und bogen dann schnell ab. Aber vielleicht waren sie auch nicht so wichtig.

»Das klingt jetzt komisch, aber ich fand das schön.«

»Was jetzt?«

»Dass ich mir die Nähe zu dir erarbeiten musste. Am Anfang hat es sich angefühlt, als würde ein Teil von dir gar nicht wollen, dass ich in dir bin. Du hattest so eine heftige Körperspannung.«

»Ist das immer noch so?«

»Manchmal, ja. Dann fühlst du dich an wie eine Türsteherin. ›Heute leider nicht, Süßer‹«, sagte er mit tiefer Stimme.

»Warum sprechen wir so selten darüber?«, fragte ich.

»Ich denke immer, dass unsere Körper das unter sich ausmachen.«

»Soll ich mich wieder bewusstlos stellen?«, flüsterte ich und zog seine Boxershorts herunter. »Macht dich das an, ja?«

Statt einer Antwort zeigte Max nur auf seinen Penis. Ich setzte mich auf ihn und bewegte mich langsam auf und ab. Er umschloss meine Brüste, die sich für mich inzwischen anfühlten wie zwei aufgeblasene Luftballons und für Max »einfach geil«.

»Ich kann mich nie entscheiden, wo ich dich anfassen soll. Und wir wissen beide, so primitiv bin ich eigentlich …«

»Laber nicht, ich muss mich konzentrieren.« Ich stützte mich auf der Matratze ab und wurde immer schneller.

»Oh ja, schneller, fester, ich will, dass du leidest«, stöhnte er grinsend.

»Oh ja«, äffte ich ihn nach. »Oh ja, oh ja, oh ja!«

Er richtete sich auf, nahm mein Gesicht in die Hände und küsste mich erst fragend und dann fordernd.

»Ich hab dich so vermisst«, flüsterte er in meine Haare und legte sich fast deckungsgleich auf mich, Hände auf Händen, Gesicht auf Hals, Brust auf Brust, Becken auf Becken, Bauch auf Baby.

Vielleicht machten unsere Körper tatsächlich alles unter sich aus.

Max kam kurz nach mir, langsam und heftig und laut, und ich fragte mich, wie wir wohl von oben aussahen. Ein frisch verliebtes Paar, einander auch nach drei Jahren noch ein Rätsel, vielleicht war das unser Geheimnis, vielleicht das Ende. Eine Familie in der zehnten Woche, von der die eine Hälfte nie erfahren würde.

Als ich am nächsten Morgen aufwachte, hatte Max von der einzigen Bäckerei im Dorf Croissants und die Sonntagszeitung geholt.

»Erinnerst du dich an unseren ersten Kuss?«, fragte ich, nachdem er mir einen Artikel über Kuschelroboter vorgelesen hatte.

Max faltete die Zeitung zusammen und setzte seine Lesebrille ab, mit der er zehn Jahre älter aussah.

»Ja, ich war so nervös. Das ändert sich nicht, egal, wie oft man zum ersten Mal küsst.«

»Vermisst du erste Küsse?«

Nachdem ich die Worte ausgesprochen hatte, fiel mir ein, dass er vor Kurzem einen solchen gehabt hatte. Max' Pause sagte alles. Er hatte dasselbe gedacht.

»Kein bisschen«, log er.

»Habt ihr verhütet?«, fragte ich.

Er schwieg.

»Wir waren nie auf Augenhöhe«, sagte ich irgendwann.

»Ist das so, ja?« Er stand auf und lief durch den Wagen.

»Das war ein kurzer Urlaub«, sagte er, als ich nicht antwortete.

»Tja, die ›alte Lio‹ musste leider dringend los.«

»Schade.«

Wir packten unsere Sachen schweigend zusammen, schlossen den Zirkuswagen ab und setzten uns ins Auto. Max seufzte tief und drehte sich zu mir.

»Kriege ich einen Kuss?«

Er schloss die Augen, formte einen Kussmund und wollte unwiderstehlich aussehen. Als ich mich nicht vom Fleck rührte, öffnete er die Augen wieder und fuhr kopfschüttelnd los. Max schüttelte in letzter Zeit oft den Kopf.

»Manchmal fühlt es sich so an, als säßen unsere Eltern hier auf der Rückbank«, sagte er nach einer Weile aus dem Nichts.

»Hä?«

»Vielleicht krachen nicht wir gegeneinander, sondern die Welten, aus denen wir kommen.«

Mein Vater hätte meine Mutter nie betrogen, dachte ich.

»Deinen Kopf sollte sich mal jemand anschauen«, murmelte ich und meinte damit nicht seine Frisur. »Ganz schön brutaler Anblick.«

24

SSW 11

Alle Organe des Fötus' sind fertig angelegt. Er ist jetzt 34 bis 41 Millimeter groß und hat damit die Größe eines Rosenkohlröschens. Sein Gesicht ist erkennbar, und er bekommt die ersten Härchen. Die Finger- und Fußnägel wachsen. Der Körper des Fötus wächst jetzt schneller als sein Kopf. Er bewegt sich jetzt recht viel, die Mutter bekommt davon allerdings immer noch wenig mit.

Mein Vater starb drei Tage, nachdem Max ihn auf seiner Rückbank gesehen hatte.

Ihm hatte ein Geschwür entfernt werden müssen, gutartig, Routine-Eingriff, kein Grund zur Sorge. Einen Tag nach der Operation war er trotzdem tot. Sein Katheter hatte falsch gesessen, sodass sein Blutkreislauf und seine Organe von Urin geflutet wurden. Als er über Schmerzen klagte, hatten die Ärzt:innen ihn beruhigt, sein Unwohlsein sei ganz normal nach so einem Eingriff, und ihm noch eine Schmerztablette angeboten. Mein Vater war in seiner eigenen Pisse ertrunken.

»Reichen Leuten wäre das nicht passiert«, sagte meine Mutter am Telefon.

Mein Vater hatte in den letzten Jahren auf jedes »Wie geht es dir?« mit »Gut« geantwortet. Die Liebe, die wir füreinander empfanden, steckte in jedem Foto, das er mir schickte, in jeder Frage nach dem Wetter in meiner Stadt, in jedem »Interessant«, wenn ich ihm alle paar Monate einen Artikel verlinkte, an dem ich mitgearbeitet hatte und von dem ich wusste, dass er kaum ein Wort darin verstehen würde. Die Liebe steckte in meinem »Wie geht es den Himbeeren?« und dem »Oh nein«, wenn er schrieb, dass das Ungeziefer in diesem Jahr besonders aggressiv sei. Sie steckte in meinem Schweigen über den Kummer, den ich in diesem Jahr hatte. Sie steckte in seinem Schweigen über die Operation, von der er mir nichts erzählt hatte, weil er mich nicht beunruhigen wollte.

Nach drei Minuten und achtundvierzig Sekunden hatten meine Mutter und ich alles Organisatorische besprochen. Sie hatte mehrmals in Nebensätzen eingestreut, dass ich mich nie für meine Eltern interessiert hätte und mich für etwas Besseres hielte, das sehe man ja auch an meiner »Karriere«, verächtliches Schnaufen.

Nach dem Telefonat setzte ich mich im Schneidersitz auf mein Sofa in der Küche und blieb dort. Max war auf einem Konzert, von dem er am nächsten Tag in der Sendung berichten sollte. Ich hörte ihn weder nach Hause kommen und meinen Namen rufen, noch reagierte ich, als er vor mir stand und winkte.

»Mein Vater ist tot«, sagte ich nur und starrte ins Leere.

Als Max sich vor mich kniete und mein Blick seinem immer noch auswich, merkte er, dass ich emotional nicht abgeholt werden wollte, außer vielleicht von meinem Vater, aber der war nicht mehr da. Er richtete sich auf und packte wahllos Klamotten in die Ledertasche, die er von seinem Vater in einer der Phasen geschenkt bekommen hatte, in denen sie miteinander sprachen. Wie eine Schwerverletzte setzte Max mich in sein Auto und gab Gas.

Gegen zwei Uhr morgens betraten wir das Krankenhaus, das meinen Vater auf dem Gewissen hatte und in dem sein lebloser Körper lag. Max ging ein paar Schritte hinter mir, zögernd, unsicher, langsam. Als wir aus dem Aufzug traten, setzte er sich in den Wartebereich, und ich ging langsam den Flur entlang.

Das letzte Mal war ich wegen eines Fahrradunfalls hier gewesen.

Auf halbem Weg zu meiner Nachhilfe war ein entgegenkommendes Auto abgebogen, ohne zu blinken, und ich zuerst auf dessen Motorhaube und dann mit der linken Schulter auf den Asphalt gekracht. Die Fahrerin sprang hektisch aus ihrem Auto und war erleichtert, dass ich ansprechbar war.

»Ich fahre dich zum Krankenhaus, und von dort rufen wir deine Eltern an.«

»Die sind im Urlaub«, sagte ich, obwohl sie sich keine fünf Kilometer vom Unfallort entfernt befanden.

Mein Schlüsselbein hatte eine komplizierte Fraktur, die dreimal operiert werden musste.

Der Arzt erklärte mir mehrfach was für ein »Wahnsinnsglück« ich gehabt hätte. Nicht alle Menschen flögen einmal durch die Luft und hätten danach nur eine kaputte Schulter.

Am Tag nach der Operation betraten meine Eltern mein Krankenzimmer. Da ich noch nicht volljährig war, hatte das Krankenhaus sie über die Operation informieren müssen.

»Kleine Sünden bestraft der liebe Gott sofort«, sagte meine Mutter zur Begrüßung. Sie führte nicht weiter aus, welchen Tatbestand Englisch-Nachhilfe erfüllte.

»Wie geht es dir?«, fragte mein Vater.

»Ganz gut«, sagte ich mit aufgeplatzten und dick eingecremten Lippen. Unter meinem linken Auge prangte ein Bluterguss, auf meiner Schulter ein riesiges, unappetitlich verfärbtes Pflaster.

Meine Eltern schwiegen.

»Ich glaube, der Verband muss gewechselt werden, und die Besuchszeit ist eigentlich schon vorbei«, sagte ich.

»Ruf an, wenn du abgeholt werden willst«, sagte meine Mutter, als wäre ich auf einer Party und könne selbst entscheiden, wann ich gehen wollte.

Mein Vater kam jeden Tag nach Feierabend zu Besuch. Manchmal brachte er mir einen Schokoriegel oder ein Jugendmagazin mit, von dem er dachte, dass ich es gerne lesen würde.

»Was machst du denn für Sachen«, sagte er bei seinem ersten Besuch allein.

Er setzte sich auf den Stuhl neben meinem Bett.

»Das Fahrrad ist Schrott«, sagte ich.

»Ich danke Gott, dass es nur das Fahrrad ist.«

In unserer Gegend starben Jugendliche wie die Fliegen. Diejenigen, die tot sein wollten, sprangen von der sogenannten Selbstmordbrücke. Einige von denen, denen das

Leben nicht schnell genug gehen konnte, darunter zwei Jungs aus meinem Jahrgang, starben bei Verkehrsunfällen, Glatteis, scharfe Kurven, schlechte Sicht, Alkohol, so was. Am Straßenrand reihten sich überall die Kreuze aneinander. Eine Jugend auf dem Dorf war gefährlich, mein Vater wusste das.

»Es tut mir leid«, sagte ich.

Die nächste halbe Stunde saßen beziehungsweise lagen wir stumm nebeneinander, dann ging mein Vater zum Bahnhof und steckte Geld in den Ticketautomaten, das im Haushaltsbuch meiner Mutter fehlen würde.

Ich wusste nicht viel über meinen Vater. Als Jugendlicher hatte er Musik geliebt. Inzwischen rührte er seine Platten nicht mehr an. Er hatte schon nach altem Mann gerochen, bevor er einer war. Die Momente, in denen er in meiner Anwesenheit gelacht hatte, konnte ich an einer Hand abzählen. Ich erinnerte mich an jeden einzelnen. Als ich klein war, hatte er mich am Wochenende manchmal mit auf den Spielplatz genommen und auf die Schaukel gesetzt, wo ich so lange hin- und herschwang, bis ich im Himmel war, aber in einem anderen als in dem, von dem Mutter sprach. Manchmal spielte er mit mir Verstecken, aber auf seine Art. Er verband mir die Augen mit einem Tuch, setzte mich in verschiedene Räume, auf Schränke oder Tische und ließ mich dann raten, wo ich war. Manchmal schmierte er mir Brote und schnitt sie in mundgerechte Würfel. Pumpernickel mit Salami, das beste Abendbrot der Welt.

Mein Vater sah aus, als hätte er sein Leben lang auf diesen Moment gewartet. Seine Arme lagen der Länge nach neben seinem mit einer Wolldecke zugedeckten Körper. Seine Haare waren gekämmt, seine Augenbrauen etwas weniger störrisch als sonst. Er schlief.

»Papa.«

Ich nahm seine Hand. Wir hatten beide einen überdurchschnittlich dicken Daumen. Bei ihm stimmten die Proportionen halbwegs, bei mir sahen sie lächerlich aus, weil meine Hände eher drahtig waren, ganz die Mutter. Unsere Daumen waren fast zwei Zentimeter breit.

»Was machst du denn für Sachen«, flüsterte ich.

Seine Hand blieb kalt.

Ich stolperte nach hinten, meine Füße verloren ihren Halt, die Schwerkraft war eine Lüge, ich krachte gegen Schränke, die leer, und Geräte, die ausgeschaltet waren, aus meinem Mund drangen animalische Laute, mein Bauch krampfte sich bei jedem Schrei zusammen, brauchte immer weniger Zeit, um Luft zu holen, endlich wusste ich, wofür ich geschaffen war, mein ganzer Körper schrie. Ich schrie, weil ich ihm nie hatte sagen können, dass ich Gott jeden Tag dankte, dass er mein Vater war. Weil ich mich nie dafür entschuldigt hatte, dass ich damals so feige gewesen und einfach mit zwei Koffern verschwunden war. Weil ich ihm nie gesagt hatte, dass ich ihn gern öfter gesehen hätte, nur ihn.

»Wir haben fast zwei Jahrzehnte in einem Haushalt gelebt, ich weiß das alles«, hörte ich ihn sagen.

Ich wusste schließlich auch, dass er stolz auf mich gewesen war, dass er sein Bestes gegeben hatte und sich Vorwürfe gemacht hatte, weil sein Bestes zu wenig gewesen war, um mich zu einem glücklichen Kind zu machen. All das hatte er mir nie sagen müssen.

Als meine Stimme brüchig wurde, klopfte es an der Tür. Sicher würde mir jetzt medizinisches Fachpersonal höflich ein Beruhigungsmittel zustecken, damit ich aufhörte, die restlichen halbtoten Kassenpatient:innen auf der Station zu tyrannisieren. Zehn Minuten stille Anteilnahme, mit Betonung auf *stille*, hatten zu reichen. Dieser Besuch war ohnehin eine durch ärztliche Schuldgefühle und Max' Überredungskünste zustande gekommene Ausnahme.

Aber im Türrahmen stand Max.

Ich hatte mir die beiden nie zusammen in einem Raum vorstellen können. Mein Vater war ehrlich und einfach, im besten Sinne des Wortes, er hatte nichts Zynisches an sich, obwohl er jeden Grund dazu gehabt hätte. Mein Vater war so integer, wie seine gerade Handschrift es vermuten ließ. Max schrieb unleserlich und krumm, er war kompliziert und zynisch, obwohl er keinerlei Grund dazu hatte. Für so einen hast du dich also entschieden, hätte mein Vater gedacht, aber nie gesagt. Jetzt verstehe ich, hätte Max gedacht, aber nie gesagt. Vor meinem Vater schämte ich mich für Max, vor Max schämte ich mich für meinen Vater.

Ich lehnte mich gegen Max und hämmerte gegen seine Brust. Er drückte mich so fest, dass ich mich kaum bewegen konnte. Wir mussten mindestens zwei Wochen so dagestanden haben.

»Baby, gehen wir?«, flüsterte er schließlich.

»Nenn mich nie wieder Baby«, sagte ich.

»Sorry.«

Als ich zur Tür hinaus war, drehte Max sich noch einmal um und verbeugte sich vor meinem Vater.

»Danke«, sagte er.

»Danke?«

Dem Mann hatte auch niemand beigebracht, wann man besser den Mund halten sollte.

»Für dich«, sagte Max. »Er hat dich gemacht.«

»Aha.«

Als wir das Krankenhaus verließen, setzte ich mich erschöpft auf die Eingangstreppe. Jetzt erst fiel mir mein helles Kleid auf, das Max' Meinung nach »etwas sackartig« und meiner Meinung nach genau richtig geschnitten war, um eine elf Wochen alte Schwangerschaft zu verstecken. Meine Trauer war fliederfarben.

»Und jetzt?«, fragte Max.

»Was ist mit deiner Sendung?«

»Ich habe schon Bescheid gegeben.«

»Was hast du gesagt?«

»Notfall in der Familie.«

War das schon familiäre Aneignung?

»Ich habe uns vorhin ein Hotel gebucht, damit wir uns ausruhen können. Stilecht an der Autobahn. Dann müssen wir nicht zu deinen ...«, Max räusperte sich, »zu deiner Mutter.«

»Ich kann das nicht.«

»In einem Hotel an der Autobahn pennen? Verständlich.«

»Das alles.«

Max sagte nichts.

»Danke, dass du mitgekommen bist«, sagte ich.

Alles hieran war falsch. Dass ich nach über zehn Jahren wieder an diesem Ort war, mit Max. Dass er sich nicht darüber beschwerte, was für ein Arschloch ich war. Dass mein Vater nie erfahren würde, dass er für wenige Wochen Großvater gewesen war.

25

Als wir gegen Mittag wieder zu Hause waren, rief ich im Labor an und meldete mich für drei Tage krank. Für kurze Zeit hatte ich angenommen, dass Max und ich bis zur Beerdigung meines Vaters am Wochenende bleiben würden, wie so normale, anständige Leute, aber schon im Krankenhaus hatte ich diese Möglichkeit nicht mal mehr in Betracht gezogen.

Ich war feige, weil ich die Vorstellung nicht ertragen konnte, meiner Mutter ins Gesicht zu blicken, ohne dass das meines Vaters hinter ihr zu sehen sein würde, ein Gesicht, das nie verzerrt war, jedenfalls nicht vor Wut, ein Gesicht, an dem ich mich immer ausgeruht hatte. Ich war wahnsinnig, weil ich im Begriff war, den Stöpsel eines Luftschlosses zu ziehen, das das Beste war, was mir jemals hätte passieren können, aber sich oft wie das Schlimmste anfühlte. Ich war kriminell, weil ich nächste Woche in eine gynäkologische Praxis gehen und als Frau mit leerer Gebärmutter wieder herauskommen würde.

Als wir aus unserem Mittagsschlaf aufwachten, kuschelte Max sich zu mir. Ich schlang meine Arme und Beine um ihn und vergrub mein Gesicht in seiner Halsbeuge. Wir funktionierten nur, wenn einer von uns am Boden war, damit der andere den Karren aus dem Dreck ziehen und sich selbst eine Daseinsberechtigung ausstellen konnte. Die ehrliche Überraschung, dass die andere Person trotz allem blieb, nannten wir Liebe.

»Als ich heute Nacht gesagt habe, dass ich das nicht kann …«, fing ich an, während mein Körper schon wieder Amok lief.

Bitte nicht kotzen, dachte ich. Bitte erst kotzen, wenn er weg ist.

»Ja«, sagte Max. »Das war auf alles bezogen.«

Ich wusste nicht, wie Enden sich anfühlten. Doch ich glaubte, unseres in seinem Gesicht zu erkennen. Max sah abgekämpft, erschöpft und traurig aus.

»Weißt du noch, wie du damals auf eurer Party durchs Feuer gesprungen bist?«

Ich fühlte sein Lächeln an meiner Wange.

»Du hattest so Schiss«, sagte er leise. »Ich weiß bis heute nicht, ob du Angst um mich oder um dich hattest, weil dir zum ersten Mal klar wurde, auf was für einen Idioten du dich eingelassen hast.«

Jetzt musste ich lächeln.

»Ich hatte Angst um uns beide.«

»Und? War gar nicht schlimm, oder?«

»Nein, war gar nicht schlimm.«

Wir atmeten einander schweigend ein und aus, zwei weinerliche Kinder mit Daddy Issues, mit einem dritten in der Mitte, das Besseres verdient hatte.

Am nächsten Morgen wachte ich ohne Max, dafür mit einer Textnachricht von Karin auf.

»Ruf mich bitte zurück, mein Herz.«

Wir telefonierten etwa alle zwei Wochen miteinander. Karin hatte nach unserem Kennenlernen behauptet, dass ihr langweilig war und sie dringend »ein junges Ding« zum Plaudern brauchte. Das war natürlich eine Ausrede, aber eine, die mir schmeichelte. Karin war nie allein und ihr Haus das Wohnzimmer einer ganzen Postleitzahl. Mit der Zeit merkte ich, dass in Wahrheit ich diejenige war, der eine Frau wie Karin gefehlt hatte. Im Gegensatz zu Max traute sie sich, Fragen zu stellen, und gab sich nicht damit zufrieden, dass dies oder jenes ein »schwieriges Thema« war und man schwierige Themen am besten ausklammerte, damit sie für immer schwierig blieben.

»Es tut mir so leid«, sagte sie. »Max hat mir von deinem Vater erzählt.«

Ich stöhnte leise, weil ich darauf gehofft hatte, dass Karin mir endlich von dem Date erzählte, das sie vor einigen Tagen mit ihrer frisch geschiedenen Jugendliebe gehabt hatte.

»Als ich seinen Körper gesehen habe, bin ich durchgedreht.«

»Zu Recht. Ich träume immer noch von den drei Toten, die ich in meinem Leben gesehen habe«, sagte Karin.

»Cool.«

Sie lachte.

»Erzählst du mir von Beerdigungen?«, fragte ich. »Von deinen?«

»Ich bin immer am besten gekleidet! Wirklich! Max hat

sich früher so oft darüber lustig gemacht, dass ich mich immer nur für meine Toten schick mache.«

Ich dachte an Max' ausgebeulte Jogginghosen und seine ausgeblichenen T-Shirts und sagte nichts.

»Mich macht es rasend, wenn jemand Kaugummi kaut oder etwas anderes als Schwarz trägt. Turnschuhe sind auch schlimm! Reißt euch doch einmal im Leben zusammen, möchte ich denen zurufen.«

Ich stellte mir die Kirche vor, in die ich achtzehn Jahre lang jeden Sonntag gegangen war, und den Sarg, der vorne stehen würde, eingerahmt von zwei Blumensträußen, einer davon von mir.

»Und wie sehen die Leute in der ersten Reihe aus?«, fragte ich.

Karin nahm einen tiefen Zug von ihrer Zigarette oder ihrem Joint.

»Die heulen nur selten, wenn du das meinst. Wenn doch mal jemand weint, oft sind das die Enkel, freue ich mich heimlich, weil meine Rede dann ihren Zweck erfüllt. Aber Ehepartner und Kinder sind meistens komplett erstarrt, manche mit Beruhigungsmitteln zugedröhnt, und sagen nach der Rede gern, dass sie nichts mitbekommen haben.«

»Also verpasse ich nicht viel?«, fragte ich.

»Jedenfalls nicht, wenn ein liebloser Trauerredner von ewiger Ruhe faselt«, sagte Karin.

»Trauern Menschen anders, je nachdem, ob die Toten ein gutes oder ein schlechtes Leben hatten?«

»Wer entscheidet denn, was ein gutes Leben ist?«

Ich schwieg.

»Man spürt aber, wenn das Ende besonders elend war«,

fuhr Karin fort. »Seit ich diesen Job mache, bin ich unbedingt für die aktive Sterbehilfe.«

»Hoffentlich stirbst du nie.«

»Ich habe dir schon einen Brief geschrieben. Den kriegst du, wenn ich tot bin«, sagte Karin mit einer Selbstverständlichkeit, für die ich sie beschimpfen wollte.

»Wie bitte?«

»Manchmal denke ich abends vor dem Einschlafen daran, dass meine Lieben irgendwann ohne mich klarkommen müssen.«

Karin war der einzige Mensch auf der Welt, der diesen Satz sagen konnte, ohne arrogant zu wirken.

»Darf ich den Brief schon vorher lesen?«

»Keine Sorge, du kriegst ihn auf jeden Fall, egal, was passiert. Mit Max, ohne Max.«

»Ach so«, sagte ich.

»Das gilt jetzt schon«, fügte sie hinzu. »Dass ich dableibe. An deiner Stelle würde ich das ausnutzen. Wer weiß, wie viele gute Jahre mir noch bleiben.«

»Das ist nicht lustig.«

»Na und? Du liebst mich ja für meine Weisheit! Für den Spaß hast du meinen Sohn.«

»Haha.«

Für seine Mutter war Max der flippige Radiomoderator, allenfalls der verkaterte Misanthrop – aber nie der todtraurige Mann, der mit fünfunddreißig Jahren weder ein Rezept gegen die Leere noch seinen Platz im Leben gefunden hatte und dessen Freundin ihm keinerlei Hilfe dabei war.

In den Stunden, nachdem Max seine Tasche gepackt und aus unserer Wohnung verschwunden war, fühlte es sich so an, als hätte ich ihn mir ausgedacht.

Ich wollte ihn zwischen den Laken riechen und fand ihn nicht. Ich wollte mit ihm nach dem Aufwachen »Schere, Stein, Papier« darum spielen, wer an dem Morgen schlecht drauf sein und die andere Person herumkommandieren durfte. Ich wollte eine Mail von ihm bekommen, um drei Uhr morgens versendet, mit dem Betreff »Schau mal, so spannend«. Ich wollte ihn mit einer Heilerde-Maske im Gesicht neben mir im Spiegel sehen. Ich wollte anerkennend pfeifen, wenn er nackt aus der Dusche stieg oder den Tisch gedeckt und Kerzen in die Mitte gestellt hatte. Ich wollte, dass Max »Bis gleich« sagte, so leise und zärtlich, »Bis gleich«, auch wenn wir uns erst Tage später wiedersehen würden. Ich wollte seine Bartstoppeln auf meinen Wangen spüren, wenn ich mich zur Begrüßung durchs Autofenster zu ihm lehnte. Ich wollte die weichste Haut der Welt, aber keine Babyhaut, küssen. Ich wollte in einer Bar voller Menschen stehen und merken, dass er mich die ganze Zeit beobachtet und seinem Gegenüber nur mit einem Ohr zugehört hatte, ich wollte, dass mir alles aus der Hand fiel, wenn er sich langsam auf mich zubewegte und mit seiner Raucherstimme sagte: »Die Partys sind auch nicht mehr das, was sie mal waren, oder?« Ich wollte mich in seinen Augen erkennen und dass er sich in meinen erkannte, ich wollte, dass wir keine Angst vor dem hatten, was wir sahen. Ich wollte mein Lieblingsgeräusch hören, seinen Schlüssel im Schloss, der suggerierte: Ich bin wieder und noch da, du kannst jetzt schlafen.

Aber da war nichts.

26

SSW 12

Der Fötus ist nun zwischen 43 und 51 Millimetern groß, also etwa so groß wie eine Pflaume, und wiegt bis zu 14 Gramm. Er nimmt menschlichere Züge an: Die Augen sind zu ihrer endgültigen Position in der Mitte des Gesichts gerückt, die Nase ist im Profil erkennbar. Der Fötus hat begonnen, Fruchtwasser zu schlucken, und bekommt davon ab und zu Schluckauf, was – genau wie unkoordinierte erste Bewegungen – manchmal beim Ultraschall zu sehen ist.

Um neun Uhr morgens betrat ich die gynäkologische Gemeinschaftspraxis, in der der Fötus unter Vollnarkose aus meiner Gebärmutter gesaugt werden würde.

Die Räumlichkeiten befanden sich im Erdgeschoss eines grauen Mehrfamilienhauses. An den Wänden hingen billige Leinwände mit aufgedruckten Blumen, deren Farben nicht zusammenpassten. Der Eingangsbereich mit Empfangstresen war gleichzeitig das Wartezimmer, in dem eine etwa vierzigjährige Frau und ein heterosexuelles Paar in meinem Alter saßen. Von Privatsphäre konnte keine Rede sein, aber wer Privatsphäre wollte, konnte sein Kind ja behalten.

Ich war eine halbe Stunde vor meinem Termin da. Er kostete so viel, wie ich für einen einwöchigen Urlaub und Max für zwei Nächte in einem Wellnesshotel ausgeben würde – und war trotzdem jeden Cent wert. Wenn ich für jedes »Sie können es sich jederzeit anders überlegen«, das ich in den letzten Wochen von medizinischem und bürokratischem Fachpersonal gehört hatte, einen Euro bekommen hätte, hätte ich für den Eingriff nicht mal sparen müssen.

Den Arzt kannte ich bereits von der Voruntersuchung, die ich gemacht hatte, bevor Max und ich in die Berge gefahren waren. Er war freundlich, nüchtern und tat immerhin nicht so, als stünden wir vor einer heiklen Geheimdienstmission. Im Medizinstudium fehlte nicht nur der Exkurs zu Schwangerschaftsabbrüchen, sondern anscheinend auch die Vermittlung dessen, dass jede gynäkologische Prozedur mit der gleichen routinierten, an Gleichgültigkeit grenzenden Höflichkeit durchgeführt werden sollte.

»Wie geht es Ihnen?«, fragte der Arzt, als wir an seinem Besprechungstisch saßen.

»Ganz gut, ich bin nur ein bisschen wackelig auf den Beinen.«

»Das kommt wahrscheinlich vom Prostaglandin, das Sie vorhin bekommen haben.«

»Darf ich es noch mal hören?«, fragte ich.

»Sie wollen noch einen Unterschall?«

»Keine Angst, ich mache keine Szene.«

»Stimmt, Sie sind ja Biologin.«

Ich nickte, obwohl hinter diesem Wunsch sicher vieles, aber kein berufliches Interesse steckte.

Der Arzt drückte auf seinem Gerät herum, verteilte die kühle Gelmasse auf meinem Bauch und glitt mit dem Ultraschallkopf darüber. Das Herz schlug langsamer, als ich gedacht hatte. Vielleicht schlief das Baby, erklärte der Arzt.

»Danke«, sagte ich.

Der Arzt drückte wieder auf seinem Gerät herum. Erst jetzt bemerkte ich, dass der Bildschirm von mir weggedreht war. Ich hatte den Fötus kein einziges Mal gesehen.

»Gern geschehen. Sind Sie bereit für ein letztes Formular?«

Ich unterschrieb, dass ich mir der Straftat bewusst war, die ich begehen würde. Eine Anästhesistin erklärte, wie die Narkose funktionierte, und brachte mich dann in ein anderes Zimmer, in dessen Mitte eine Liege stand. Als ich in einem weißen OP-Hemd darauflag und durch die Gasmaske einatmete, wünschte ich mir, die Narkose möge länger als ein paar Stunden anhalten, einen Monat vielleicht oder sogar ein halbes Jahr.

Ich dachte an die Frauen, die vor mir hier gewesen waren, und an die, die morgen, nächste Woche oder nächstes Jahr hier liegen würden. An ihre Angst, ihre Wut, ihre Aufregung, ihre Zweifel, ihr Schweigen, ihre Hilflosigkeit, ihren Mut, ihre Erleichterung, ihre Liebe.

Als ich wieder aufwachte, lag ich in einem anderen Raum. Eine Arzthelferin, die ungefähr in meinem Alter war, klopfte an den Türrahmen und brachte mir ein Glas Wasser und eine Tablette.

»Es hat alles geklappt«, sagte sie lächelnd. »Wie fühlen Sie sich?«

»Ganz gut.«

Das war gelogen, mir ging es blendend. Was auch immer sie mir gegeben hatten, es wirkte.

»Im Wartezimmer ist jemand für Sie«, sagte die Arzthelferin. »Aber machen Sie langsam, damit sich Ihr Kreislauf erholen kann.«

Es gab nur eine Person, die wusste, wo ich heute war, und der mein Bedürfnis nach Freiraum herzlich egal war.

»Ist es okay, wenn ich noch eine Weile hier liegen bleibe?«

»Na klar, nehmen Sie sich Zeit«, sagte sie. »Es ist übrigens meine erste Woche hier. Ich bin ziemlich nervös.«

»Alle, die hier liegen, sind vermutlich nervöser.«

»Ja. Ich weiß.«

Wir lächelten uns an.

Als ich verstanden hatte, was sie da gesagt hatte, war sie schon wieder verschwunden.

Ich wartete auf die Tränen, von denen Männer wie Frauen wollten, dass ich sie weinte, Menschen, die seit ihrer Geburt fehlerlos waren, denen noch nie ein Kondom gerissen war, die nie eine impulsive Entscheidung getroffen hatten, für die sie einen hohen Preis zahlen mussten. Aber ich spürte nur Erleichterung. Ich war ausgestiegen, bevor mein Zug in einen anderen gerast war. Die Operation war geglückt, der Tumor entfernt.

Im Wartezimmer war niemand mehr außer Mariam.

»Überraschung!«

Sie lächelte mich an, unsicher, ob ich die Party-Mariam

oder die Betroffenheits-Mariam brauchte. Auf ihrem Schoß hielt sie eine lila Box mit Donuts.

»Wie fühlst du dich?«, fragte sie und umarmte mich vorsichtig.

»Bekifft und hungrig.«

Ich griff in den Karton und biss in einen riesigen Donut, auf den ein Lachsmiley aus Schokosauce gemalt war.

»Ich bin übrigens Single«, sagte ich. »Ready to mingle, haha.«

Lecker, Aprikosenfüllung!

»Du warst in deinem ganzen Leben noch nicht ›ready to mingle‹«, sagte Mariam.

»Ich weiß nicht, wie das geht. Dieses Trennungsding.«

»Herzlich willkommen im Erwachsenenleben.«

»Das war's?«, fragte ich.

Mariam zog die Samthandschuhe aus.

»Einen Tipp habe ich: Hör auf, dich selbst zu verarschen.«

»Wow, danke.«

»Wir machen es uns jetzt bei mir gemütlich, und ich pflege dich, oder?«, fragte Mariam versöhnlich.

»Ich würde eigentlich gern zu Hause packen«, sagte ich.

In einigen Tagen würde ich in eine kleine Wohnung ziehen, die ein Arbeitskollege mir vorerst für sechs Monate zur Untermiete überließ, da er fast immer bei seiner Freundin übernachtete.

»Und ich würde gern mit dir auf dem Sofa liegen, bis du dich von der OP erholt hat«, erwiderte Mariam. »Max ist sowieso weg. Du hast Zeit.«

Auf der Straße bot sie mir minütlich ihren Arm zum Unterhaken an, was ich dankend ablehnte.

Mariams und Elias' Wohnung war besonders aufgeräumt, was mir nur auffiel, weil es bei Max und mir schon länger nicht mehr so ausgesehen hatte. Als es an der Tür klingelte, steckte ich gerade mit dem Gesicht in den Rosen in der Küche, die wunderbar dufteten. Mariam hatte vier Portionen Pasta bei unserem Italiener bestellt, die sie auf selbst getöpferten bunten Tellern anrichtete.

»Hast du dir extra freigenommen?«, fragte ich.

»Klar! Kannst du dich bitte hinlegen? Mich macht es nervös, wenn du hier rumspringst.«

Ich rollte die Augen und ging ins Wohnzimmer. Mariam behandelte mich, als hätte ich mindestens eine schwere Grippe. Um das Sofa herum hatte sie ein Krankenlager mit Kissen, Daunendecke, Wärmflasche und Kuschelsocken drapiert, obwohl draußen achtundzwanzig Grad herrschten. Mariam beobachtete zufrieden vom Fußende aus, wie ich Nudeln aß.

»Mariam?«

»Ja bitte?«

»Du wirst die tollste Mutter, die die Welt je gesehen hat.«

»Oder? Ich glaube auch.«

Ich grinste.

»Du weißt, dass du wegen mir nicht warten musst?«

»Jetzt weiß ich's.«

Mariam lehnte sich zu mir herüber und drückte mich sacht.

27

Je mehr Zeit ich in den folgenden Tagen im Labor verbrachte, desto weniger stellte ich alles infrage. Das Draußen fühlte sich an wie ein Ablenkungsversuch, der seinen Reiz verloren hatte.

Zweimal ging ich morgens vor der Arbeit schwimmen. Beim ersten Mal schaffte ich vierzig Minuten, dann nur zwanzig. Immer zog ich Zement hinter mir her. Mein ganzer Körper wollte sich hinlegen, obwohl er gerade erst aufgestanden war.

Wenn ich mich unter der Dusche einseifte, fühlte meine Haut sich an wie die einer anderen Person. Würde mich jemals wieder ein anderer Mensch berühren, und wenn nein, wäre das wirklich schlimm?

Nicht mal drei Jahre lang hatte Max neben mir geschlafen, davor hatte ich das siebenundzwanzig Jahre allein geschafft. Wieso tat mein Körper jetzt so, als hätte er es verlernt?

Max hatte immer aufs Gas und nie auf die Bremse gedrückt. Seit er weg war, fühlte ich mich, als wäre ich aus einem fahrenden Auto gefallen oder, je nach Tagesform, aus freien Stücken gesprungen. Wann verschwand das Geräusch des dritten Gangs, der bis zum Anschlag ausgereizt wurde?

Ich räumte die Wohnung so um, dass es nicht so aussah, als würde die Hälfte fehlen, wenn Max in einer Woche wiederkam. Die meisten Sachen waren ohnehin seine. Das, was mir gehörte, ihm aber wichtig war, ließ ich da.

Ich ging auf ein Konzert von Max' Lieblingsrapper. Das zweite Ticket blieb auf unserem Küchentisch liegen. Im Club fühlte ich mich magnetisch vom Moshpit angezogen. Als alle sprangen, brüllten und gegeneinanderprallten, blühte ich auf. Dann landete irgendein Ellbogen in meinem Gesicht, ich sank irgendwohin und wachte am nächsten Morgen auf dem Sofa in unserer Wohnung auf. Neben mir lagen eine Packung Ibuprofen und ein Notizzettel, auf dem stand, ich solle viel trinken, wenn ich das lesen würde, und ein Name mit einer Handynummer. Außer einer Gehirnerschütterung war nichts passiert. Glück gehabt, schon wieder. Ich würde das Haus nie wieder ohne riesige Sonnenbrille verlassen.

Am Sonntag besuchte ich einen Gottesdienst und fragte Gott, ob er auch große Sünden sofort bestrafte. Ich saß in der letzten Reihe und kopierte die Bewegungen der anderen Besucher:innen. Als die Orgel das erste Mal ertönte, faltete ich meine Hände und schloss die Augen. *Vater unser im Himmel.*

28

Vor drei Monaten war ich sicher, dass meine fruchtbare Phase vorbei war und ich nicht schwanger werden konnte. Dann war ich sicher, dass der Abbruch erfolgreich gewesen und ich in meinem Körper wieder allein war.

Ich lag in beiden Fällen daneben.

»Ihr HCG-Wert ist noch erhöht«, sagte Dr. Yilmaz bei der Nachuntersuchung, die keine war, weil es noch nicht vorbei war.

Weil sie meine Ärztin und keine Freundin war, fragte sie nicht, wie es mir nach dem Abbruch ergangen war. Stattdessen schob sie mir den Zettel mit den Blutergebnissen zu.

»Was heißt das?«

»Jetzt gehören Sie zu den zwei Prozent der Frauen, bei denen der Abbruch unvollständig verlaufen ist. Während des Eingriffs kam der Ablösungsprozess zwar in Gang, in der Gebärmutter ist aber noch Material.« Dr. Yilmaz machte Anführungszeichen in der Luft.

»Ich bin also noch schwanger?«

»Jein. Ich gebe Ihnen was mit, damit wird der Rest ausgespült.«

Sie ging an ihren Schrank und zog eine Medikamentenpackung heraus.

»Die haben Sie auch kurz vor dem Eingriff genommen, richtig?«

Ich nickte. Der Arzt in der anderen Praxis hatte mir zwar vor der Operation eine Tablette in die Hand gedrückt, an den Namen des Präparats konnte ich mich aber nicht erinnern.

»Erlauben Sie mir eine persönliche Frage?«

Ich wusste, was jetzt kam.

»Ja«, sagte ich.

»Warum haben Sie sich dafür entschieden? Für den Abbruch?«

Ich blickte sie einen Moment schweigend an.

»Weil ich kein Kind will.«

Dr. Yilmaz nickte langsam und reichte mir die Tablette.

»Die nehmen Sie und machen am Wochenende langsam. Dann ist am Montag alles vorbei. Wir sehen uns zur Kontrolle in einer Woche.«

Sie verabschiedete sich und verließ den Raum. Ich spürte nichts, als ich den Gummizug meines Rockes nach vorne zog und auf meinen Bauch schaute. Ich spürte nichts, als ich am Wartezimmer vorbeilief, in dem zwei Frauen mit unterschiedlich großen Bäuchen saßen, beide eindeutig weit über die zwölfte Woche hinaus. Ich spürte nichts, als ich nach draußen in die Hitze trat. Ich spürte nichts, als ich die Tablette, Inhaltsstoffe und Wirkung unbekannt, an einem Kiosk mit einem Kaffee runterspülte, der schmeckte, als wäre er seit drei Tagen immer wieder in der Mikrowelle erwärmt worden. Ich spürte nichts, als ich zurück ins Labor radelte, *na, wie war die Mittagspause, super, heiß draußen, oder*. Ich spürte nichts, als ich am Computer zwischen

Tabellen, Versuchsprotokollen und E-Mails hin- und hersprang. Ich spürte nichts, als ich abends nach Hause kam und mal wieder mit der Hoffnung ins Bett ging, die Nacht würde mich verschlucken.

Am nächsten Tag holte Mariam mich mit einem riesigen Transporter ab. Sie wollte den verbliebenen Teil der Sommerferien dafür nutzen, ihre Ausstellung weiter vorzubereiten, und hatte einen langen Einkaufszettel geschrieben, den wir Stück für Stück abarbeiten würden. Nachdem ich zu Mariam hochgeklettert war, drückte sie mir einen Eimer Cola in die Hand. Wie früher, als wir den Männern noch abgeschworen hatten.

»Eine kleinere Karre hatten sie nicht mehr«, sagte Mariam. »Egal. Go big or go home.«

»Dann will ich lieber wieder nach Hause«, sagte ich, aber meine Worte kamen weder gegen die von Billie Eilish an noch gegen die quietschenden Reifen, mit denen Mariam losfuhr.

Ich drehte die Musik leiser.

»Weißt du, was wir mit dem Transporter machen könnten?«

»In den Baumarkt fahren, Sachen für meine Ausstellung und Spielzeug für die Carlas und Bens aus der 6c kaufen?«

»Oder wir zertrümmern Max' Paletten-Bett mit der Axt und bringen es danach zum Schrottplatz. Zusammen mit unserer Beziehung. Wäre doch eine gute Metapher, oder?«

»Das Bett kann nichts dafür«, sagte Mariam.

»Doch. Ich habe in meinem Leben noch nie so schlecht geschlafen wie darauf!«

»Wenn du Aggressionen abbauen willst, buche ich dir eine Boxstunde.«

»Langweilig.«

»Provozier mich nicht, Lio. Ich bin so kurz davor, Max alles zu erzählen.«

»Bist du nicht.«

»Nein, bin ich nicht.«

»Okay, Baumarkt.«

Ich berührte meinen grummelnden Bauch. Wie alles, was in den letzten drei Monaten passiert war, konnte das Ziehen am Wetter liegen oder an der Schwangerschaft. Der weibliche Körper war ein Wunder, aber keines, dessen Symptome man googlen sollte.

Mariam fuhr den Transporter mühelos auf den Parkplatz, sie war hier Dauergästin.

Vor einem riesigen Turm mit Alpinaweiß-Wandfarbe blieb sie stehen, kletterte hoch und bat mich um ein »ganz natürliches Foto, locker aus dem Moment raus« zu Selbstinszenierungszwecken. Ich drückte zwanzigmal auf den Auslöser, während Mariam geübt und in Windeseile verschiedene Posen ausprobierte. Dann sprang sie von ihrem Farbturm herunter und nahm mir ihr Handy aus der Hand, um die Ausbeute zu beurteilen.

»Immerhin sind die Linien gerade«, stöhnte sie.

Als wir an der Holzzuschnittstelle standen, verspürte ich plötzlich Krämpfe in einer mir unbekannten Intensität. Ich drehte meinen Hintern zu Mariam und deutete darauf.

»Sag mal, ist da Blut?«

»Oh«, sagte sie.

»Wie schlimm?«

»Haben Sie eine Toilette?«, rief Mariam in das Kabuff hinein, wo ein älterer Mann ihre Balken zuschnitt.

»Sieht das hier aus wie ein Kaufhaus?« Er schüttelte ungläubig den Kopf.

»Fuck«, sagte ich.

»Servicewüste Deutschland«, sagte Mariam laut und dann leiser: »Das können nicht schon deine Tage sein, oder?«

Ich verneinte.

»Hat die Yilmaz gesagt, dass das passieren könnte?«

Ich verneinte wieder.

»Danke für nichts«, sagte Mariam.

Sie zog mich erst in einen leeren Gang und dann ihre Jeansshorts aus. Zum Glück trug sie ein riesengroßes Männerhemd, das mit gutem Willen als Minikleid durchging. Mariam kramte eine Taschentuchpackung hervor, deren kompletten Inhalt sie auseinanderfaltete und dann zu einer zentimeterdicken Binde bastelte. Ich sah mich um, die Luft war rein, dann lag meine ehemals grüne Hose auf dem Boden.

»Du bist viel zu dünn«, stellte Mariam fest.

»Ist doch logisch.«

»Nein, auch vorher schon.«

»Können wir an anderer Stelle weiter über mein Gewicht sprechen?«

Ich legte die Taschentuchbinde in meine blutbefleckte Unterhose und zog Mariams Shorts an.

»Das hält maximal zehn Minuten«, sagte sie. »Sollen wir einfach alles stehen lassen und zu dir fahren?«

»Auf keinen Fall«, sagte ich, weil Mariam in den letzten Monaten schon genug zurückgesteckt hatte. »Aber ich setze mich schon mal ins Auto.«

»Ich beeil mich«, antwortete sie.

Als sie ihre Einkäufe halb nackt in den Laderaum pfefferte, lag ich verrenkt auf den Sitzen, auf der Suche nach einer Position, die entweder die Krämpfe oder den Blutschwall aufhalten würde. Mariam brachte eilig den Einkaufswagen zurück und startete den Transporter, wieder quietschend, aber diesmal ohne Musik.

Zu Hause angekommen hatte ich nicht vor, jemals wieder von der Toilette aufzustehen. Mariam warf meine Klamotten in die Waschmaschine und stellte den Wasserkocher an.

»Hast du Hunger?«

»Nein.«

»Du brauchst Energie. Dein süßer Körper arbeitet auf Hochtouren.«

Manche würden sagen, er tötete auf Hochtouren.

Mariam stellte einen Teller mit zwei Käsebroten und einem aufgeschnittenen Apfel auf den Badezimmerboden und reichte mir eine Tasse Kamillentee.

»Soll ich hier schlafen?«, fragte sie.

»Nein, kümmer dich um das Auto und den Rest. Das Schlimmste ist sicher vorbei«, sagte ich.

Ich hätte schreien, heulen, lachen, fluchen und stöhnen sollen, stattdessen verzog ich keine Miene und versuchte mich auch sonst nicht zu bewegen.

»Du rufst an, wenn was ist, ja?«

»Versprochen.«

Als die Tür ins Schloss fiel, atmete ich erleichtert auf. Meine Oberschenkel waren taub, ich fühlte mich wie achtzig. Ich wankte durch die Wohnung ins Schlafzimmer und legte zwei Binden übereinander in die größte Unterhose, die ich besaß. Selbst wenn ich in der Lage gewesen wäre, einen Tampon einzuführen, wäre der wahrscheinlich nach drei Sekunden wieder herausgerutscht. Ich ließ die Vorhänge offen und alle Lichter an und legte mich ins Bett.

Eine Stunde später weckten mich Krämpfe auf, die schlimmer waren als alle Schmerzen, die ich je gehabt hatte. Ich wusste nicht, ob ich dringender kotzen, kacken oder bluten musste.

Auf dem Weg zur Toilette versuchte ich, das Blut mit meinen Händen aufzufangen, und hinterließ trotzdem eine rote Spur in der Wohnung. Ich musste mich am Waschbeckenrand festhalten, um nicht umzukippen. Im Schlaf hatte mein Körper mit meinen Organen Russisches Roulette gespielt und vergessen, mir Bescheid zu sagen, welches noch lebte. Ich wurde von innen zerfleischt.

Als der erste Schwung Körperflüssigkeiten im Klo war, kotzte ich auf das Blut, ich fasste mir an die heiße Stirn und spürte nur kalten Schweiß, ich verlor den Überblick, was aus welcher Öffnung rausmusste, nur dass alles rausmusste, das war klar, ich war die Sklavin meines Körpers, kotzen, dann wieder kacken und währenddessen bluten, wann hatte ich das letzte Mal etwas getrunken, auf dem Boden stand der Teller mit Mariams Broten, wo war mein Handy, das war die Strafe für alles, das *Material* zerhackte mich von innen, es begann irgendwo zwischen Bauchnabel und Hüftknochen und breitete sich überall aus, bis jede Zelle bereit war zu sterben.

29

Max trug das blaue Hemd mit weißen Punkten von unserem ersten Date.

Es war Mitte Oktober und die Luft noch angenehm warm, solange die Sonne schien. Er hatte einen Korb mit Baguette, Käse, Wein und in Teetücher gewickelten Gläsern dabei. Wenn wir noch zusammen gewesen wären, hätte ich mich über die weißen Tücher lustig gemacht, weil die ihm so gar nicht ähnlich sahen.

»Du siehst gut aus«, log er.

»Du auch«, sagte ich. »Keinen Tag über fünfzig!«

Max lachte.

»Das muss an der Therapie liegen.«

»Ach was?!«

»Dreimal die Woche. Wie ein zweiter Job.«

Max breitete das Essen vor uns aus, und weil ich ihn kannte, jedenfalls ein bisschen, sah ich, dass er nervös war.

»Ich bin froh, dass wir uns sehen.«

Ich nickte.

Max hatte schon einige dieser Treffen hinter sich, ich noch keins. Scherzte man, heulte man, fragte man, wie es der Familie ging? Zum Glück wusste ich, wie es Karin ging.

»Warum, glaubst du, hat das mit uns nicht geklappt?«, fragte er.

Man besprach also sein Scheitern, bestrich es mit etwas Zuckerguss und einigte sich dann großmütig auf die Version, die man seinen Zukünftigen servieren könnte.

»Ich glaube«, fing ich langsam an, »mir ist im Laufe der Zeit immer klarer geworden, was mit mir alles nicht stimmt. Wenn ich dich anschaue, sehe ich mein Versagen. Das klingt schrecklich.«

»Hey.«

Max rückte näher zu mir und legte den Arm um mich.

Ich wusste, dass viele Menschen (Mariam) sich nach Trennungen zusammenreißen mussten, um ihren Ex-Partner:innen nicht ständig zu schreiben oder sich ihnen bei nächster Gelegenheit an den Hals oder Schlimmeres zu werfen, und dass sie manchmal nur unter Androhung von Gewalt davon abgehalten werden konnten, sie betrunken anzurufen und sich für alles, inklusive der eigenen Existenz, zu entschuldigen. Ich hingegen brauchte all meine Willenskraft, um Max' Arm nicht von meiner Schulter zu schlagen.

»Hey«, antwortete ich.

»Umarmst du mich?«, fragte Max, als ich mich umentschieden hatte und mich doch für alles, inklusive meiner Existenz, entschuldigen wollte.

»Natürlich.«

Er schlang seine Arme um mich, und ich hoffte zum hundertsten Mal, dass es endlich aufhören würde wehzutun, dass die antibiotikaresistente Dauerentzündung in meinem Kopf weg sein würde, wenn wir uns voneinander lösten.

»Tut mir leid, dass du dich so gefühlt hast«, sagte er.

Max redete wie jemand, der hoffte, wegen guter Führung frühzeitig die Psychoanalyse beenden zu dürfen.

Ich dachte an unsere hässlichsten Momente, in denen er lieber Gläser gegen die Wand geworfen hatte, als sich für zwei Sekunden auf meine Perspektive einzulassen, in denen ich höhnisch gelacht hatte, als er versuchte, sich zu entschuldigen, in denen er sich stundenlang nicht gemeldet hatte, um meine Alarmglocken zu provozieren, und in denen ich zur Strafe bei Mariam übernachtet hatte, ohne ihm Bescheid zu sagen. Ich dachte an unsere schönsten Momente, die die anderen früher ausradiert hatten und denen am Ende die Puste ausgegangen war.

»Willst du meine Version hören?«, fragte er. »Ich glaube, die hilft gegen Schuldgefühle.«

»Jetzt habe ich Angst.«

Ich versuchte zu kokettieren und sagte die Wahrheit. Mit Max hatte mir von Anfang an alles Angst gemacht, sein Charisma, sein Tempo, seine Liebe, seine Verzweiflung, seine Bedürfnisse, seine Unvorhersehbarkeiten, seine Wärme, seine Kälte, seine Pläne.

»Lio, ich wünsche mir eine Familie«, sagte er. »Ich habe mich in den letzten Monaten komplett verloren, weil ich gemerkt habe, dass du das nicht willst.«

»Emily«, sagte ich und dachte an das Kind in meinem Bauch, das eine Extra-Einladung gebraucht hatte, um zu gehen.

Max sah aus, als würde er gleich anfangen zu heulen. Er wartete, ob ich sagen würde, dass alles ein Irrtum gewesen sei, dass ich ihn liebte und ein Kind von ihm wolle.

Ich rückte von ihm weg und warf dabei aus Versehen die Gläser um, aus denen wir noch nicht getrunken hatten.

»Max, ich kann das nicht«, sagte ich leise.

Er nickte langsam.

Ich bereute nichts. Dieses Kind hatte mir den Mut eingepflanzt, zum zweiten Mal in meinem Leben zu gehen, ohne zu wissen, was danach kam. Jetzt war ich frei.

30

Der Trick ist, jeden Tag ins Wasser zu gehen.

So passt sich der Körper der Jahreszeit an, und man kriegt ein Gefühl dafür, was kaltes Wasser ist und was nicht.

Wenn ich den ersten Schritt in den See gemacht habe, kommt dieser Moment, in dem ich mich bewusst entscheide, meine Instinkte zu übergehen, so, wie ich es als Kind gelernt habe. Dann gehe ich einen Schritt weiter, und noch einen, bis ich alles und dann nichts mehr spüre.

Zuerst halte ich mir die Nase zu und tauche unter, als wollte ich mich hinsetzen. Meine Füße bleiben auf dem Boden stehen. Wenn ich auftauche, kann ich nicht glauben, dass die Welt noch immer dieselbe ist. Die Bäume sind kahl anstatt neonfarben, der Himmel grau statt lila und das Wasser braun statt türkis.

Danach schwimme ich los und schaue auf meine Arme, die jeden Quatsch mitmachen und immer den Weg kennen. Nach Sekunden, die sich anfühlen wie Minuten, kommt die Art von Rausch, die man normalerweise nur einmal erlebt und dann nie wieder. Mein Körper, Schlachtfeld, Zielscheibe, manchmal Subjekt, oft Objekt und immer öfter Komplize, schwimmt, als hätte er nie etwas anderes getan.

Großer Dank an

Barbara Wenner, Friederike Achilles, Mathias Stamm, Gönna Ketels, Anika Landsteiner, Juliane Marie Schreiber, Deborah Schmitt, Anna Maria Hetzel, Dina Dolgin, Anna K. Becker, David Käter, Yvonne Daschowski, Ryan Edwards, Frauke Vogel, Sascha Schlegel, Maxi Garden, Leonie Schöler, Maxi Müller, Martje Ketels, Anika Schönhoff, Lea Schneider, Felix Modrach, Larissa Gerg, Sabine Appel, Lauren Holt, Greta Hoffmann, Jens Weber.

Dieser Roman wurde gefördert im Rahmen des Stipendienprogramms der VG WORT in NEUSTART KULTUR der Beauftragten der Bundesregierung für Kultur und Medien.

»Eine überschwängliche Ode auf das Verliebtsein« STYLIST

Jenny Mustard
OKAYE TAGE
Ein umwerfend schöner
Roman über Liebe, Sex und
die Suche nach dem
eigenen Platz in der Welt
Aus dem Englischen
von Lisa Kögeböhn
368 Seiten
ISBN 978-3-8479-0194-5

Sommer in London: Die Schwedin Sam, 28, impulsiv und leicht chaotisch, ist vorübergehend für ein Praktikum bei einer hippen Agentur in die Stadt gekommen. Auf einer Party trifft sie Luc, 27, ernsthaft und introvertiert, der nach der Uni noch nicht so recht seinen Platz in der Welt gefunden hat. Die beiden verlieben sich – im vollen Bewusstsein, dass ihre Verbindung aufgrund der Umstände nur von kurzer Dauer sein kann. Abwechselnd aus Sams und aus Lucs Perspektive erzählt, folgen wir ihnen durch die Ups und Downs ihrer Beziehung, durch Glücksmomente und Zweifel, durch Verlustängste und Euphorie – ein hinreißender, temporeicher Debütroman, dessen Charme, Witz und psychologischem Tiefgang man sich kaum entziehen kann!

Eichborn